村井さんちの生活

Four years of my busy and joyful life with my family.

Riko Murai

村井理子

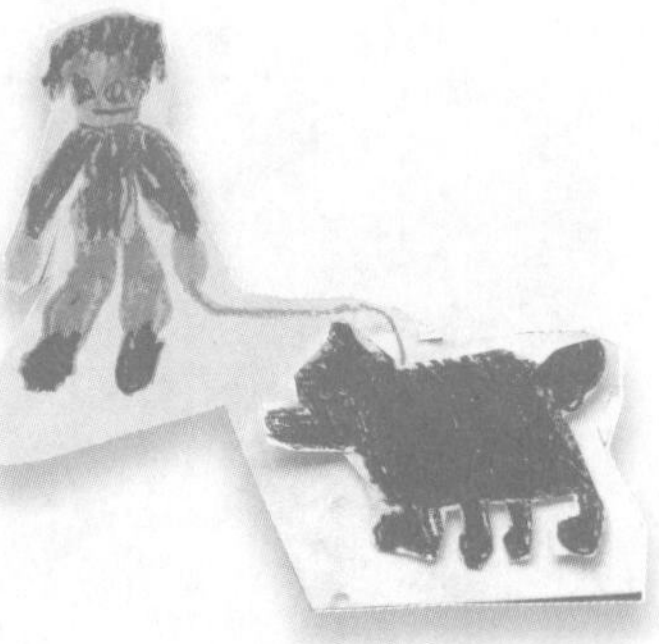

新潮社

村井さんちの生活　目次

1章　2016年

2章　2017年

3章　2018年

4章　2019年

5章　2020年

写真　村井理子
装幀　新潮社装幀室

はじめに

新潮社Ｗｅｂマガジン『考える人』で、私の日々の生活を綴る連載『村井さんちの生活』をスタートさせてから、早いもので四年の年月が流れた。連載開始当初、小学生だった双子の息子たちは瞬く間に成長し、中学二年生となっている。私の背を軽々と追い越した彼らの表情から、少年の面影はいつの間にか消え、時折見せる青年らしい表情に驚かされる瞬間も増えた。この時期の子どもは、親の「もう少しだけ子どもでいてくれればいいのに」という勝手な気持ちなどお構いなしに成長を遂げていくものだ。

あっという間の四年であり、山あり谷ありの四年でもあった。子どもたちの成長もさることながら、私自身にも大きな変化が訪れた。二年前、大病をして手術を経験したことは、人生を根底から覆されるようなできごとだったと今は思う。幸いにも、現在は至って普通の生活を送ることが出来るようになっているし、手術前よりも体力がつき、活動範囲が広がったことで、仕事の幅も広がった。育児をしながら、ひたすらギリギリの状態で仕事をしてきた私にとって、それは大きな喜びだった。

私の肩書きは、一応、翻訳家だ。主に書籍の翻訳をしている。ジャンルでいえば、ノンフィクションが多い。そのノンフィクションの中でも一風変わった本との出会いが多いように思う。キャラクターが強く、訳しにくそうな本であればあるほど、原書が手元に届いた時の喜びは大きい。つまり、やっかいな本が好きなのだ。難しい、ワケがわからない！と苦しみを味わいながらも、翻訳の楽しさから離れることはできない。翻訳をしていれば、悲しいことも辛いことも、おおかた忘れてしまう。すべての作業が終わり、訳書が書店に並ぶ時の喜びは、簡単には表現できない。

「肩書きは、一応、翻訳家だ」と書いた理由はいろいろあって、最近はありがたいことに翻訳以外の仕事が増え、Ｗｅｂ媒体や月刊誌などに原稿を書くこともあれば、母業だって現在進行形だ。食べ盛り、遊び盛り、生意気盛りの十四歳の双子の息子達を育てている。いや、育てているのだろうか。育児というか、これは修行なのではないだろうか。これを乗り越えれば何かを悟ることができるのだろうか。いや、日々、悟りの境地から遠ざかっているように思えるのだけれど、気のせいだろうか。

思春期の子どもというのは本当にややこしい生き物で、成長したからと気を抜けば必ず何かやらかすし、しっかりと見守れば窮屈だと文句を言う。かわいいけれど、かわいくない。

離れたいけれど、なかなか離れることはできない。自分にとっては大きな存在だけに、苦労と悩みは尽きない。とにかく、なんとか彼らにつきあって、頭の中にあるカレンダーに毎日ひとつずつバツをつけるようにして、一日一日をやり過ごしている。

私自身、人生の折り返し地点を過ぎていることは明らかで、さて、後半戦をどのように戦うか、日々問われているのだと自覚している。じわじわと何かに追い立てられているような気分を味わいながら、改めて私は、私の人生を、仕事を見つめなおそうと思っている。でも、私の人生ってなんだったっけ……?

村井さんちの生活

1章　2016年

翻訳家という職業

自分を翻訳家と呼ぶことを、いまだに躊躇してしまう。翻訳を専門的に学んだこともなければ、著名な翻訳家の元で修業を積んだ経験もない。自信もない。それでも気づけば、私はいつの間にか翻訳家になっていた。キャリアだけは無駄に長い十三年選手だ。得意ジャンルは特にないけれど、珍書を引きつける体質であることは自覚している。それでもなお、なかなか信じることができない。私が翻訳家だなんて、本当にいいのだろうか。

大学で語学は学んだものの、翻訳家になるという夢は、在学中一度も抱いたことはなかった。生活費を稼ぐためのアルバイトで疲れ果てる毎日では、何かを成し遂げたい、何かになりたいという思いは浮かんでくることもなかった。これといった夢も持てず、お金もなく、生活するだけで精一杯だった私が唯一求めたのは、本を読む時間だった。バイトの合間を縫っては大学図書館に行き、ジャンルも選ばず片っ端から読んでいた。貧乏でやるせない毎日も、図書館と本があれば気にもならなかった。目を閉じれば、頭の中には別の世界に生きる自分がいる。物語に登場する時代や風景を頭の中で丁寧に描き出して、自分自身に投影する。その時、私は私ではなくて、別人になることができた。

子どもの頃、内気な性格だったうえ、へそ曲がりだった私は、缶蹴りや鬼ごっこといった集団の遊びには興味を持てず、テレビも面白いとは思えず、ひとりで本を読むのがなにより好きになっていた。本ばかり読んで頭でっかちになった小学生の私は、青い空を見れば、どこか知らない町で私と同じような少女が、この同じ空を見上げているはずと胸を高鳴らせた。相当重症だ。

成績はお世辞にも良いとはいえず、中学では常に学年ビリから三番目あたりをうろうろしていたが、英語と国語の成績だけは良かった。特に国語は得意で、答えはすべて問題文の中にあるじゃないか、国語ほど簡単な教科もないと友人達にうそぶいていた。そんなある日、学内で最も辛辣と悪名高い国語教師が私に声をかけてきた。ビンタでもされるのかと身構えたのだが、その教師は腕を組み、黒縁眼鏡の奥から鋭い視線を私に向けつつ、こう言った。「この前のテスト、よかったぞ。傲《おご》ることなく、これからも読み続けろ」。そしてスタスタと去って行った。

何かがはじけたような衝撃だった。あの憎たらしい国語教師が私を褒めた！　読んでいた文庫に視線を戻して平静を装ったが、手が震えてページをめくることができなかった。その後の授業なんて一切頭に入らなかった。叱られることは山ほどあっても、褒められることなんて皆無だった私にとって、これ以上うれしいことはなかった。三十年以上前の、このできごとをはっきりと記憶しているぐらいだから、私を変えるきっかけとなったのは間違いない。「傲らず、読み続けろ」という言葉は、今もしっかりと私のなかに残っている。

その教師の言葉と、長い時間をかけて育んだ空想体質が、今の私の翻訳家としての人生を支えてくれていることは間違いない。著者が心血注いで書き上げた一冊を、その原文の雰囲気のまま日本語に置き換える作業には、想像力と読解力が何より頼りとなるからだ。読解力にはイマイチ自信はないが、想像力（妄想力？）ならこっちのものである。なにしろ、四十年以上かけて鍛え上げてきている。目をつぶればそこには広大な敷地がある。東京ドーム三つ分ぐらいのキャパシティーは常に用意してあるつもりだ。

インターネットや電子辞書などのツールが増え便利な世の中になったとはいえ、それで補えないものは当然たくさんある。簡単に情報が手に入ろうとも、結局訳文を作り出すのは自分自身なのだ。文章を書く苦しみは、自分で乗り越えるしかない。それでも、どうしても苦しい時は、読み続ければいいのだと考えるようにしている。翻訳し、文章を書くことを生業にしている私にとって、素晴らしい書き手が生み出した一行一行は、血となり、肉となる。だから今日も、せっせと読む。疲れて夢も持てなかった学生時代とは違い、今の私には目標にしている書き手がたくさんいるのだから。

母の日のこと

小学生双子男児の母である私にとって、四月、五月は大変慌ただしい。四月は進級の月であり、新しい担任の先生との初めての懇談の月であり、家庭訪問の月なのだ。そしてそのすべてを乗り切り一息ついたところで、恐怖のゴールデンウィークは目前に迫っている。退屈している子ども達を、あの手この手で遊ばせるのが私にとっての五月であり、ゴールデンウィークだ。

普段は閑散としている琵琶湖西岸も、ゴールデンウィークを皮切りに観光客で賑わうようになる。今年は好天に恵まれたため、例年以上の人出だった。琵琶湖にはヨットが何艘も浮かび、ジェットスキーが水しぶきを上げていた。空を見上げれば透き通るように青く、山から吹く風は、まさかここは天国か!?と不安になるほど心地よかった。遠くへ行く必要なんてないでしょ？　だってここはこんなに美しいんですもの！

と両手を広げ、息子達にアピールするにはもってこいの天気だったのだ。
　双子が生まれる前からわが家の一員である老犬が患っていることもあって、しばらく旅行には行けないと二人を納得させてはいたものの、風呂場から「Ａくんちはハワイらしいわ。フライドチキン食べ放題や」とか「Ｂくんちは台湾でグルメやで。ヤムチャとかいうやつらしいわ」なんて声が聞こえてくると、心がチクチクと痛んだ。少しぐらいは非日常的なことをしなくてはと、ベランダでソーセージを焼いてホットドッグを作った。珍しくピザも焼いた。こんな些細なことでも子ども達はとても喜び、「ゴールデンウィーク最高！」と、ケチャップで汚れた顔をほころばせていた。フッ、十歳なんてチョロいもんだぜ……。

　ゴールデンウィーク後半になり、夫が急遽和歌山まで泊まりがけで墓参りに行くことになった。「明日は母の日なのに悪いね」と申し訳なさそうに言い出かけて行った夫だったが、わが家の男子人口が一人減るのはむしろありがたい。なんとなく自由な気分になった私は、リビングまで布団を引っ張り出して、息子達と映画鑑賞&徹夜でおしゃべり会をすることに決めた。この決定に二人は大いに喜び、「明日は母の日や！　いつもありがとうな、ママ！」と言うと、肩が外れそうになるほどマッサージしてくれた。ゲタゲタと笑い転げていた双子がやっと眠ったのは、もうすぐ日付が変わり、母の日となる午前零時手前だった。

日付が変わってからも、ぼんやり映画を見続けていた。眠りについた双子の顔を眺めながら、ふと思い出したのは、ずっと昔の母の日のことだ。

二年前に他界した母が、私宛に小さな箱を遺していたのに気づいたのは、葬式が終わって実家の片付けをしていた時だった。和菓子の空箱のフタにマジックで私の名前が書かれていて、それは明らかに私宛であるとわかるようになっていた。開けてみると、いくつかの貴金属とともに、ペットボトルのキャップ、ヘアピン、キーホルダー、マグネットなどの細かいガラクタが沢山詰まっている。その中に、見覚えのある小さな貝殻で出来たブレスレットが入っていた。三十年以上前の母の日、私が贈ったものだった。

当時小学生だった私にとって、それはとても美しく、母にぴったりだと思った。貯めていたお年玉を握りしめて、当時どの町にも一軒はあったファンシーショップと呼ばれる雑貨店へ行き、時間をかけて選び、買い求めた。それにカーネーションを一輪添えて、母に手渡したのだ。紙袋を開けて貝殻のブレスレットを見た母は、「ああ、ありがとう」とひとこと言っただけだった。私はそれにショックを受けた。涙を流さんばかりに喜んでくれると思い込んでいたのだ。

あっさりと礼を言った母は、ダイニングテーブルの上に無造作にブレスレットを置いた。数日経っても、そのブレスレットはダイニングテーブルの上に置き去りにされたままだったし、カーネーションはキッチンシンクの洗い桶の中に茶碗と一緒に挿さっていた。私はそれに酷く落胆したし、ブレスレットは大失敗だったと反省したけれど、すぐに忘れてしまったはずだ。なにせ、母が遺した小箱を開けるまで、このことはすっかり忘れていたのだから。

気に入らなかったのだろうと思っていたブレスレットを、母が三十年以上大事に保管していたことに驚いた。あげたときに素直に喜んでくれたらよかったのにと思いつつ、素直じゃなかった若かりし日の母が愉快だった。私自身も母と似ているのだが、うれしいことを素直に表現することが、なにか気恥ずかしくてたまらないのだ。同時に、ガラクタを宝石と思い込んだ母が哀れだった。癌と同時に認知症を発症した母にとって、そのガラクタはすべて宝石に見えていたのだと思う。

ふと、生前、「アクセサリーは全部あなたにあげるから」と言われていたのを思い出した。ブレスレットは、晩年母が宝石だと思い込んだガラクタとともに、同じく母が宝石箱だと信じた和菓子の空箱の中にちゃんと入っていた。あの残念な贈りものは、三十数年の時を経て、めでたく母の宝石コレクションの仲間入りを果たしていたのだ。

ロックの日

認めたくはないが、もう六月である。一年が半分終わろうとしている。すでに全国的に梅雨入りしたとのニュースが流れたが、私が住む滋賀県ももちろん例外ではなく、ジメジメとした日が続いている。天気が悪いと汚れた洗濯物は溜まる一方で、男性が三人いるわが家にとって、それはもう、ちょっとした事件のようなものだ。これだから引っ越しの時に、ケチらず乾燥機つきの洗濯機を買っておけばよかったんだよ……などと、愚痴も出やすい。

私にとって六月は、慌ただしい四月と五月が終わり、やっと一息つける時期でもある。自宅で仕事をしている限りは、しとしとと降る雨も悪くない。道端に咲く花を愛でる感性には乏しい私でも、雨に濡れる野生の紫陽花は美しいと思う。たっぷりの雨に勢いを増す庭の雑草は憎らしいが、青々とした葉をつけた庭木を眺めていると、梅雨が終わればやってくる夏が待ち遠しい気持ちにもなる。

そしてもうひとつ、私にとって六月が多少特別な意味を持つ理由がある。六月九日、私はひとつ年をとる。巷では六月九日はロックの日とされるようで、若い時はこれが自慢で「私の誕生日はロックの日！　イェーイ！」とかなんとか言っていたが、この年になって自分の誕生日がロックの日だなんて嬉々として言ったら、痛々しいだけというのは理解しているつもりだ。今年も無事にその日は訪れ、そして私はまたひとつ年をとった。

四十六歳。微妙すぎる。

朝、いつも通り五時に起きて、まずはメールのチェックをした。「お誕生日おめでとうございます！」という件名のメールが何通も届いていた。全部、セールスメールだ。私に何かくれるのではなく、むしろ何か買わせるのかとうなだれつつ、さっさとゴミ箱へ移動させた。仕事関係のメールに紛れるように、もう二十年以上前、同じ寄宿舎で生活を共にしていた友人から、誕生日を祝うメッセージとともに、去年出産したという娘の写真が送られてきていて心底驚いた。やるねえ！と感心しつつコーヒーを飲み、そこでふと気づいた。あ、そうだ、今日は資源ゴミの日だ！　慌ててゴミ置き場に向かい、溜まっていたゴミを出して小さな達成感を得た。記念すべき四十六回目の誕生日は、こうやってなんの特別感もなく始まった。去年もそうだった。そして一昨年も。

「ホテルにランチでも食べに行くの？」と、友人に聞かれたのは五月の終わり頃だ。
「いや、とりあえず予定なしだけど」と答えると、また今年もかと呆れられた。特別なことは何もしない誕生日を迎えるようになってどれぐらいになるかわからない。ケーキなし、ディナーなし、何もなしの誕生日を毎年過ごすわけだけれど、特にそれが寂しいとも思わない。家族は、ケーキぐらい買ったらいいのにと言うけれど、ケーキよりも明太子の方が好きだ。健康で暮らしてくれるのが何よりのプレゼントだと家族には伝えてあるし、彼らもそんな私に慣れたようだ。

　結局今年の六月九日は、家族を職場へ、学校へと見送ってから、溜まっていた仕事を片付けることにした。まずは締め切りの迫っている原稿を苦しみつつ書き、焦って入稿。次は書籍翻訳だ。書籍の翻訳は作業が長丁場なだけに、自分を厳しく管理しないと、簡単に抜けられない沼に足を取られ身動きが取れなくなってしまう。最初に翻訳しなければならないページ数を割り出し、一日のノルマを決め、それを淡々とクリアしていくしかない。私の場合、翻訳作業に集中できる時間は一日三時間程度。それを上回ると、集中が続かなくなり、訳文の品質が著しく落ちてしまう。翌日読み返し、すべて削除するときのやるせなさは相当なものだ。結局、書籍を翻訳する上で最も恐れなければならないのは、難解な英文でも、それを日本語にしていく苦しさでもなく、怠惰な自分自身なのである。これからの一年もきっと、この怠惰な自分と戦うことになるのだろう。結局、翻訳作業が終わったのは午後二時で、息子達の帰宅までは一時間しか残っていなかった。

　息子達は私の誕生日を一応記憶していたようで、学校から帰宅してきた長男が「ママ、お誕生日おめでとう！　いくつになったの？」と聞いてきた。「四十六歳だよ」と答えると、とても大人しい彼は静かに微笑んで、「すごい年だね」と言った。いつも通りの直球だ。やんちゃな次男は、遊びに来る予定の友達の到着が待ちきれない様子でそわそわしつつ、「おめでとう！　五十歳まであと三年やな！」と大声で言うと、外に飛び出して行った。いや、あと四年やで……。

　何事もなく一年が過ぎたと思えることは、実はとても幸運なのだろう。悩みや苦しみはあっても、元気に暮らせたのだから、それで十分じゃないか。こんな気持ちになれるのだったら、年をとるのもそう悪くはない。確かに、シワも白髪も増え、年齢相応の姿にはなってくるのだけれど、グレイヘアの美しいヘレン・ミレン先輩と草笛光子先輩のおかげで、そちらの心配もそう深刻ではない。

そうだ、全然悪くない。年をとるのも、悪くない！

老犬、旅立つ

一年前、鼻腔内に悪性の腫瘍があることがわかり、闘病を続けていたわが家の老犬トビーが、先日、静かに旅立った。十三歳と六ヶ月だった。本当に安らかな最期で、家族の誰も、朝になるまで気づかなかったほどだ。

前日の夕方、夜中に痛みを感じることがないように、動物病院で痛み止めの注射と点滴を打ってもらった。その日は朝から少し食べ、薬も飲むことが出来ていたし、表情を見ても普段通りだった。落ち着いた様子を見た獣医師は、週が明けたら痛み止めの座薬を試し、一日置きの通院を検討してみましょうと提案してくれた。私も連日動物病院に通う生活に少し疲れを感じていたので、その提案はありがたかった。

動物病院から帰宅してしばらくすると、トビーは静かに眠りはじめた。少し居心地の悪い表情をして体の位置を変えたり、時折鳴いたりしていたものの、それでもちゃんと眠ることができていた。その様子を見て、苦しい日々も、きっとあと数週間だろうと思った。ソファの上で静かに眠っているトビーを起こさないように、体には触れずにしばらく見守った。でも、最後の夜ぐらいちゃんと撫でてやればよかったと、今はとても後悔している。

結局トビーはその晩に、眠ったまま死んでいった。朝、トビーと一緒の部屋で寝ていた夫が、もしかしたら死んでいるかもしれないから見てくれないかと言い始めた。こういうこともあるだろうと考えていた私は、さほど驚かなかった。むしろ心の中で、これが終わりであって欲しいと願った。眠るように死ねたのだったら、それ以上のことはない。私がこの一年間、ずっと願い続けてきた理想の最期だ。

様子を見に行くと、トビーは穏やかな表情をしていた。少し目を開いた状態で手足を伸ばし、横になっていた。リラックスした表情で、いつものお気に入りの場所で、静かに眠っているだけのように見えた。少し神経質なところがあったトビーは、小さな音にもすぐに反応して起き上がるのだけれど、私が呼びかけてもまったく動かない。胸のあたりを触ってみると、息をしていないようだった。目をのぞき込むと、そこにはもう光がなかった。

　十三年間、雨の日も風の日も欠かさず散歩に連れ出していた夫は、肩を落としていた。息子達はショックを受けてしばらく泣いていたが、横たわり、動かなくなった姿を間近に見て、死を受け入れたようだった。私は、やっと終わらせることができたと考えていた。鼻腔内の腫瘍は体中に転移し、トビーを苦しめていたはずだ。できる限りの治療はしていても、決して楽な日々ではなかったと思う。痛みも徐々に強くなっていただろう。食べる量も、日に日に減っていた。毎日たくさんの薬を飲まなければならず、うんざりしていたかもしれない。そんな闘病生活もついに終わった。悲しさよりも安堵の気持ちが強く、涙は出なかった。淡々と、市の運営する斎場に電話し、火葬の予約をした。すでに何ヶ月も前から、電話番号は控えてあった。見るのが辛いから、使っていた食器などは、その日のうちにすべてきれいに片付けてしまった。

　これまで十三年間、楽しく暮らすことが出来たはずだ。いろいろな場所に連れて行ったし、いつも一緒だった。思い返せば、楽しい記憶ばかりだ。小さかった子どもとよく遊んでくれたことには本当に感謝している。仕事をする私の足元に座って静かに待つような、さりげない愛情表現をする犬だった。ここのところずっと、「もう無理しなくていいんだよ」と声をかけ続けた私に気を使って、トビーは最後に駆け足で逝ってしまったのではないか。一年という長い期間闘病をしたのは、私に心の準備をする時間を与えてくれたのではないか。亡くなる日の二日前、横に座っていた私の膝に頭を乗せ、めずらしく甘えてきたのは、彼なりの別れの挨拶だったのかもしれないと今は思う。

もっとやさしい言葉をかけてあげればよかった。もっとちゃんと触ってやればよかった。呼吸が止まる瞬間に、隣にいてあげることができなかったことが何より残念だ。苦しかったのでは、寂しかったのではと考えると、胸が痛んで仕方がない。子どもが成長して手がかからなくなり、これからたくさん遊んでやることができると思っていた矢先に、なぜあんなに重い病に罹ってしまったのだろう。

湖の上に広がる空のどこかにトビーはいて、今も私を見守ってくれていると思う。重くて苦しかった体を捨てて、自由に走り回っているだろう。十三年もの長い間、私達と暮らし、喜びを与えてくれたことに、今は心から感謝している。長い闘病生活となってしまったけれど、最後まで諦めずに私と共に歩んでくれたことを、決して忘れない。寂しいけれど、振り向かずにまっすぐ行くんだよ。

もう叶わないことだとはわかっているけれど、いつかもう一度会いたい。あのボサボサの頭を思い切り撫でてやりたい。きっとどこかでまた会える。その時まで、さようなら、トビー。

ああ、夏休み

　はじまる前はあれだけ恐れていた息子達の夏休みも、いざはじまってみればあっという間に日々は流れ、いつの間にか折り返し地点を過ぎていた。ジリジリとした厳しい暑さも少し和らいで、ここ数日は朝晩が過ごしやすくなってきている。夕暮れ時の空はとても高く、寝室の窓から見える湖の色も、透き通るような青から、淡い白に変わりつつある。都会に比べて少し早い、この地の季節の移り変わりを確かに感じられる日々だ。

　今年は息子達の夏休みに合わせる形で仕事の調整を済ませていたこともあって、私自身も心に若干の余裕を持って夏を楽しむことができた。例年に比べて抱えている仕事量が多く、これから先を考えると焦る気持ちがないわけではないけれど、意識的にしっかりと体を休めるように心がけた。夏が終われば、苦しい日々がはじまるのはわかっているのだ。その覚悟はすでにできているつもりだ。ただ、訳さなければならない文章が、あと何百ページ残っているかは、怖くて数えていない。そんな怖いこと、絶対に無理！

年々、子ども達と過ごす夏休みが、自分にとって苦しい時間ではなく、一緒に楽しむ時間に変化したことは、うれしいことだと感じている。十歳ともなれば、立派な話し相手になってくれる。一緒に本を読んで意見交換することもできれば、悩み事を相談することだって可能だ。もちろん、的確なアドバイスが返ってくることは一切ないけれど、それでも笑いはもたらされる。以前は息子達を連れての移動が私にとって大きなストレスだったけれど、今では各自にケータイとＩＣカードを持たせておけば、スムーズに、かつ安全に移動ができるようになった。電車に乗って、息子達と美術館や図書館へ行ける日が来るなんて、夢にも思わなかった。あとは宿題をきちんと済ませ、毎日忘れずハミガキをしてくれれば、母としては満足である。

休むことなく全力で遊びすぎて、先日高熱を出したのは次男だ。本人曰く、「疲れたので、遊ぶのを休みたい。休めばまた遊べるから、心配せんといて」。うらやましいぐらいのプラス思考だ。遊ぶことにかけるその情熱を、漢字の書き取りにかけて欲しいと切に願う。高熱を出して一日中寝ているくせに、好物のアイスとポテチは食べまくる。ポテチで出っ張った腹をさすって「俺、ちょっと太ったあ？」とつぶやく次男を見ていると、気ままな人間が一番強いと確信してしまう。

一方、とても生真面目な長男は、決められた日課をきちんと守り、夏休みの宿題も順調に済ませている状態だ。朝も早く、いつまでも布団の中でダラダラと過ごすことはない。ぴしっと起きてさっとシャワーを浴び、着替えてソファに座るまでの一連の動作は、鮮やかと言ってもいいほどだ。とても大人しく座っている姿に、双子でここまで違うのかと毎朝感心させられる。穏やかで、争いごとを一切好まないこの子は、一体、誰に似たのだろう。やっぱり私かな（大嘘だ）。

今年の夏は、まだ気温が上がりきらないうちに琵琶湖に向かい、誰もいない浜辺で過ごす楽しみも覚えた。息子達をひとしきり泳がせている間、私は木陰に置いた椅子に座って本を読んだ。湖から吹く風が冷気を運ぶため、とても涼しい。普段は時間がなくて開くこともままならない、骨太のノンフィクションが相棒となってくれた。持参したポットに入れたアイスコーヒーを飲みながら、ゆっくりとページをめくった。なんの変哲もない浜辺で過ごす、なんの変哲もない時間だけれど、嵐のような日常から離れ、心身共に休むことができたと思う。

楽しかった夏休みがそろそろ終わりに近づいて、ここのところ数日は寂しい気持ちを抱えている。その寂しさがどこから来るのか、なにが原因なのか、はっきりと理解できないでいる。いつも当たり前のように足元に座っていた飼い犬がいない現実が、私を少し感傷的にしているのかもしれない。老犬が生きていた痕跡をふと見つけて、悲しい気持ちになる瞬間がまだ頻繁にある。遠方から琵琶湖まで遊びに来てくれていた友人達が、帰ってしまった寂しさがあるのかもしれない。自分でもよくわからない。

あと何回、このような夏を息子達と過ごせるのだろうと、ふと考えてしまう。彼らの成長が、頼もしくもあり、寂しくもある。早く成長してくれとあれだけ願っていたというのに、いざ彼らが自分の望み通りに成長しはじめると寂しさを覚えるなんて、親なんて勝手な生き物だなとつくづく思う。

先週あたりから、ぽつりぽつりと仕事関係のメールが届き始めた。不思議と、そんなメールにほっとしてしまう自分がいる。忙しい日常に戻ることで安心するなんて、今年の夏の私はどうかしている。自分でもよくわからない小さな寂しさを心の中に抱えつつ、それでも夏以降の作業に向けて、デスクを片付け、資料をまとめはじめた。

自分、強すぎ！

家族内の男性三人が、朝の八時前に全員家からいなくなるという、夢のような日々が続いている。息子達は、一旦登校すれば夕方になるまで帰宅することはない。夫に至っては、いつ戻るか皆目見当もつかないので、私の中ではノーカウントでよしとしている（本人がそれに納得しているかどうかは知らない）。夏休みが終わり、新学期がはじまれば、私には自分の仕事を進め、家事をこなし、その上、趣味に費やす時間までも十分与えられるというわけだ。素晴らしい。長い間生きていると、いいこともある。

男性陣が出払い、自分一人になるやいなや、いきなり掃除機をかけまくり、洗濯機と食洗機を同時に回し、晩ご飯の下ごしらえまで一気に済ませてしまう。おっしゃ！よっしゃあ！と、意味のわからないかけ声で自分を叱咤激励しつつ、掃除、洗濯、食事のしたく、ゴミ出し、ＰＴＡ、エトセトラ。何から何までせっせと済ませて、朝の九時には呼吸を整え、パソコンの前に座るようにしている。それは何のためか。もちろん仕事のためである。

ただひたすら翻訳原稿を書くために、私は必死になってすべての家事を朝九時までには終わらせて、そしてデスクに向かうのだ。そう、翻訳をするために。だって私は、一応、翻訳家なんだもの。私には、著者が全身全霊を込めて書いた本を、日本語に訳して読者に届けるという使命がある。でも……うぐぁ、ダメだ！　集中力が！

仕事はよくフルマラソンに例えられるが、私の場合、四十二・一九五キロを走る前に、十キロぐらいは助走しているのではないかと思う。助走が終わった後も、長々とストレッチをしている。その上、走り始めてすぐに歩いたりする。助走が無駄に長いから、体力はすでに消耗しているし効率も悪い。その十キロ、無駄じゃないか!?　その十キロ、なくても大丈夫なんじゃない!?　そう考え始めて、たぶん十年ぐらいは経過している。

集中できない。気づくとＳＮＳで見た同級生の娘の晴れ姿に涙したりしている。仕事仲間の訳書が出版されたと聞くと、そそくさとネット書店で購入する。ついでに関連書籍をしばらく眺め、これもいいなあ、よし買おう、この作家さんも好きなんだよね……え？　新刊!?　買うね、当然だ、はい、購入！　こんな感じで、気づくと三十分ぐらいは経過しているのだ。

仕事仲間で、私のように「朝ご飯食べた〜」だの、「今から授業参観。女装がツライ」だの、「朝からスーパー混みすぎ！」なんてことを、いちいちＴｗｉｔｔｅｒでつぶやいている人なんて一人もいない。「あー、疲れた。今日は何ページ進んだかなぁ」とか「そろそろノルマ達成」とか、微妙な、仕事してますアピールをしている人なんて皆無だ。とても恥ずかしい。その時間があれば仕事をすればいいのにと自分でも思う。みなさん本当にすごい。プロだ。反して私はダメ人間だ。自分に勝てない。自分が強すぎる！

……と、こんな感じで夏休み明け直後は集中力を欠いていた私だったけれど、実は、ここしばらくはしっかりと仕事に向き合うことができている。子ども達が毎日きちんと登校してくれる喜びが、夏の終わりのセンチメンタルな気持ちをかき消したことも、仕事に向き合うきっかけとなった。そして、一行、一行、ひたすら訳していくことが楽しくてたまらなくなってきた。心の中で、メラメラとやる気の炎が燃えている。一旦このモードに入ればもう大丈夫、あとは最後まで突っ走るだけだ。

特にジャンルを決めていないこともあって（飛び抜けて得意なジャンルがないとも言える）、多種多様な文章を次々と訳していくのは、とても骨の折れる作業だが、それでも書籍翻訳の醍醐味はここだと思っている。自分の知らない世界を毎日探検しに行くようなものなのだ。たった一行で数時間悩むこともあれば、膨大な量の訳文を書ける日もある。アップダウンが激しくて、仕事が終わると呆然として、頭が真っ白になってしまう。それでも、この仕事は好きだ。苦しいから寄り道ばかりしてしまうけれど、結局は必死になって作業をしているのだから、やっぱり好きなのだろう。

さて、仕事に集中できるようになったのは喜ばしいことだが、先日作業している私の後ろから、双子のこんなヒソヒソ話が聞こえてきた。

「いま近づいたらアカン。殺されるで！」

「ひいっ」

背中から殺気を出さずに仕事する方法も、習得すべきなのかもしれない。

Read between the lines.

すっかり冬らしくなった。夏、あれほど青くキラキラと輝いていた琵琶湖は、水を鉛色に変え、所々で白い波を立てている。対岸に見える山々の頂上には灰色の雲がどっかと居座っており、北部の厳しい寒さを物語る。このあたり特有の強い風が吹き始めたこともあって、外出するたびに寒さが身に染みる。庭木が美しく紅葉したと思った翌日には、ほとんどの葉が遠くまで吹き飛ばされている有り様だ。落ち葉の掃除をする必要がなくなったのはいいことだけれど、このあたりの自然の厳しさは、その美しさをのんびり堪能する時間なんて与えてはくれない。

慌ただしい日常は相変わらずだ。冬休みまでのカウントダウンが始まった息子達の頭の中は、クリスマスプレゼントのことでいっぱいである。やれゲームだ、ドローンだと連日騒ぎ立てる。「そんなに高いもの、うちには必要ありません」と言えば、「いや、僕らはあくまでもサンタさんに頼んでいるんで」と返ってくる。とっくに我が家のサンタの正体など知っているくせに、減らず口は誰に似たのか。私でないことを祈るばかりだ。

　私自身は、この数ヶ月で二冊の本の翻訳を終え、今、三冊目にとりかかっている。ここ数年は、一年に一冊、多くても二冊のスピードで仕事をしてきた私にとって、異例の作業量ではある。しかし今の状況は、慌ただしいとはいえ、この上なくありがたいことだとも感じている。なにせ、一冊も担当することが出来なかった年も、過去には何度もあったからだ。たまには、「私、締め切りに追われてて……」なんて、売れっ子のフリをして言っても罰は当たらないだろう。

　それにしても最近、息子達の成長が著しいと感じることが増えてきた。身体的な成長もさることながら、精神的な成長が想像以上に早く、面食らう場面が増えた。考えてみれば、十年以上生きているのだから、成長するのは当たり前であり、むしろありがたいことなのだろうけれど、ついこの前まで保育園児だった息子達の大人びた言動や姿を目の当たりにすると、何とも複雑な気持ちになる。今まで手の届く場所にいた二人が、どんどん自分から離れて行くのが、はっきりとわかるからだ。それでいいのだけれど、一抹の寂しさは残る。

先日起きたことは、いささかショックだった。息子達の友達と、私が話をしていた時のこと、次男が突然私の袖を引っ張り、横に連れて行って、こう言ったのだ。「ちょっと、空気読んでよ……」

どきっとした。

「さっきからさあ、全然空気読んでないんですけど。オレ、恥ずかしいよ」

えっ、空気読んでない⁉と混乱したのだけれど、確かにその時私は、近所に新しく出来たカフェの話を息子の友達に興奮気味に披露していたのだ。「あのカフェ、行った？　あ、まだ行ってないの⁉　おばちゃんは早速行ってみたんだけど、紅茶がすごくおいしいよ、アハハ！」と、一人、大いに盛り上がっていたのだ。

私にも実は覚えがある。小学生の頃、私の友達と話をして楽しそうに振る舞う母親がとても疎ましかった。「物わかりのいい親」「娘世代とも違和感なく話すことができる親」を演じているように見えた母に、私は苛ついたのだ。母はどんな話題にも参加していたし、小学生相手にキャッキャと楽しそうにしていたが、そのくせアイドルには全然詳しくなかった。私は母を心の中で密かに馬鹿にしたし、早くどこかへ行ってくれないかとイライラした。

　思い返してみれば、私が自己を確立していった時期と、母への苛立ちを感じ始めた時期は重なっている。あの時の母を、私もやっていたのだろうか。あの時の母も、何の気なしに振る舞っていたに違いないし、苛つく私に面食らったに違いない。今となっては、私自身がアイドルの名前と顔を一致させるのに苦労している。

「ああそうですか、じゃあ、これからお友達と話はしないから。それに、なんで私が小学生の空気を読まなきゃいけないの!?」と、怒り心頭で言い放ち、次男を震え上がらせ、後に自己嫌悪に陥った。次男は悪いことを言ってしまったと思ったのだろう、何度も、気にしなくていいから、やっぱりいままで通りにしてくれていいからと言ってくれた。まったく気の毒なことをしたものだが、一度怒ってしまった手前、なかなか気持ちを立て直すことができず、不機嫌な対応を続けてしまった。最悪だ。

　その日の夜、息子達が寝た後も仕事を続けてはいたのだけれど、頭の隅にあったのは、やはり昼間の出来事だった。

翻訳者として、行間はある程度読めるようにはなったが、空気が読めない女になってしまったのだろうか。それにしたって、行間も空気も読まねばならないなんて忙しすぎるじゃないか。読まねばならない本は積み上がる一方だし、電子書籍も山ほどダウンロード済みだ。「読む」と、「書く」に占領された人生は楽しいけれど、母さん、時々混乱してしまうよ……と、愚痴もこぼしたくなる。

それでもやはり、息子達にはこう伝えたい。空気を読まないのが、小学生男児の仕事なんだよってね。

2章 2017年

君がいなくなってからのこと

正月は雪も降らず、暖かかった。まるで春のような日差しで、勘違いした動物が冬眠から覚めそうなほどだった。私は例年通り、特別に何をするでもなく、この時のためにと購入しておいたマンガを読みふけり、シリーズものの海外ドラマを鑑賞してのんびりと過ごした。年末に買いだめした食材を淡々と調理し、食べ、外出もせず、ずっと家に籠もりきり。インドア派の私は楽しかったけれど、男子チームまで家の中でじっとしている姿は、なにか違和感があった。あなたたちはなぜ家にいるのだ？　今まで、気づけばどこかに出かけていて、なかなか戻らず、私を心配させていたというのに。

朝から晩まで家族四人全員がずっと家にいて、ほとんど何もせず、あっという間に日々は過ぎ、子どもの冬休みは終わりを迎えた。夫の冬期休暇も終わり、再び京都への通勤生活が始まった。私には、翻訳する日々が戻って来た。皆が健康で、それぞれがいつもの生活にきちんと戻ることができている。それはいいことなのだけれど、なんだろう、この居心地の悪さは……。

　正直、私達の生活ってこんな感じだったっけ？と、疑問に思う機会が増えた。以前は行方をくらますことが多かった夫はめっきり外出しなくなり、湖へ行くことも、山に行くこともなくなった。ここ数ヶ月は、バイクの修理ばかりをしている。そんな生活だから体重が増えたようで、随分と貫禄が増した。息子たちは今まで通り元気だけれど、冬休みは早起きすることができず、いつまでも布団のなかでぐずぐずとしていた。早寝早起きが彼らの得意技だったというのに、まるでティーンエイジャーのように寝続け、一旦起きても何もせず、結局布団に戻ってタブレットと睨めっこをしていた。随分顔が丸くなったように見える。そして怖ろしいことに、私も太ったような気がする……。

　ある時原因がわかった。犬がいなくなったからだ。去年死んでしまった老犬・トビーは、死を迎える一週間前まできちんと散歩に行くほど、歩くことが好きな犬だった。それに付き合い、私達は役割を分担して、犬が毎日外に出て、山を眺め、新鮮な空気を吸うことができるように努めていた。犬の進む方向にひたすらついていくという斬新な散歩スタイルを長年貫いた夫は、以前であれば週末の数時間（それもかなりの時間）を犬との散歩に費やしていたというのに、今となってはその時間はゼロだ。私達全員が、犬を歩かせるという役割を失い、外に出ることさえしなくなった。なんのことはない、散歩させてもらっていたのは、人間だったというわけだ。

　まるで共通の言語を失ってしまったかのようだ。実際、数年前に自分で建てた小屋でバイクを修理し続ける夫との会話は明らかに減った。それはそれで気楽だけれど、本当にいいのだろうかと、ふと、老後の二人での暮らしが心配になる。子どもに「エクスカリバーとビクトリーヴァルキリーだったらどっちが強いと思う？」と聞かれても、何のお話ですかという言葉しか出てこない。意味がわからないからＧｏｏｇｌｅで調べたけれど、それでも意味がわからない。以前であれば、山のこと、湖のこと、動物のことなど、子どもとの間で共通の話題はいくらでもあったはずなのに、老犬がいなくなってしまったあの日から、何かが少しずつ変わり、繋がりを失ってしまったかのように思える。家族全員で愛情を注ぐ対象がいなくなったことで、家族の中の何かが消えて無くなってしまったのではないかと、ふと心配になる。大げさだろうか。

どれだけ寒くても、どれだけ雨が降っていても、散歩に行きたがる犬との生活は、楽なことばかりではなかった。行動も制限されるし、旅行だってままならない。買い物に出ても、留守番させている犬が気になって、数時間で戻るような生活に慣れてしまい、今もその習慣から完全に抜け出すことはできないでいる。今なら泊まりの旅行だって、気ままにドライブに出ることだってできる。それなのに、なぜ私達は家から出なくなってしまったのだろう。

意を決して、もう一度犬を飼ったらどうかと夫に提案してみた。夫は、我々の生活にそんな余裕はないし、死んだ老犬の存在があまりにも大きく、積極的には考えられないと言った。確かに、老犬の治療費は高額だったし、ペットを飼うにはお金がかかる。それも、結構な額だ。余裕があるかと聞かれれば、正直、あまりないのが実情だ。それに、あの老犬が生きた証は、今もそこかしこに残っている。まだ家のどこかで寝そべっているのではと思う時もある。それでも、私はもう一度犬を飼いたいと思った。健康的な生活を取り戻すためなんて理由じゃない。犬のいない生活は楽しくないからだ。

渋っている夫からどうにか同意を得て、私が、もう一度犬を飼おうと思うと伝えると、息子たちはぱっと表情を明るくした。散歩に行くこと、常にきれいな水を用意すること、ちゃんと食べさせてあげること、やることは沢山あるけど、あなたたちも助けてくれる？と聞くと、俺たちはもう十歳や、まかしとき！と、興奮して答えた。

この日から、私は犬を探し始めた。

こんにちは、ハリー

一月下旬から二月上旬にかけて、滋賀県は大雪に見舞われた。ここ十年でもっとも多い積雪量で、私達の生活にも少なからず影響が出た。立ち往生する車で生活道路が大渋滞し、車を出すことすらできずに、数日、家に籠もりきりになった。食料は底をつくし雪かきは大変だし、もう雪なんてこりごりだよ！と叫びたくなるような日々。そして私はタイミングの悪いことに、風邪をこじらせて急性副鼻腔炎を発症してしまい、これが痛いのなんのって！　目の奥、鼻の奥、奥歯、つまり顔全体の激痛に苦しめられ、さすがの私も真面目に通院、そして毎日の晩酌をしばらく諦めたのだった。

積もった雪が溶けかけた二月初旬のとある日、私達は車を大阪空港まで走らせていた。遠く宮崎から、子犬が到着することになっていたのだ。その日は気温が急激に上がり、車内はとても暑く、窓を開けて琵琶湖を見ながらのドライブだった。湖面が輝いて、まるで春のような日差しだった。そういえば、去年の夏はあの子も泳ぐことができたなあと、新しい犬が来る日だというのに、旅立った老犬のことをなんとなく思い出していた。「宮崎から春を運んできちゃったのかもね」と言う夫に、私は「そうかもね」と答えた。後部座席では子犬が来ることの喜びが溢れてしまい、緊張状態になった双子が無言でカチコチになって座っていた。

その日は朝から落ち着かなかった。車に必要なものを積み込み、空港までのルートを何度も確認した。どうせあっという間に大きくなるだろうと、子犬にはなにも買い揃えてはいなかったが、老犬が残した黄色い革の首輪とステンレスの水入れを倉庫から出してバッグに入れた。あとは時間が来るまで何をするでもなく過ごした。十年以上使った首輪はぼろぼろだったが、私達家族にとって、それは死んでしまった老犬を象徴するものに他ならない。これを次の子に渡すのかと思うと複雑な心境だった。あの子、怒るんじゃないのか。喜ばしいはずの日に、私も夫も考えるのは老犬のことばかり。

空港に到着し、受け取り場所の確認をすると、街の散策に出た。到着時間まで、まだたっぷりある。久しぶりの大阪で、双子にとっては初めての大阪だ。「都会やなあ！　かっこいいなあ！　でもやっぱり俺は山が好きや！」と興奮する次男。そう言えばこうやって家族で遠出するなんて久しぶりだと気づいた。ここ一年以上、闘病している老犬を家に置いたまま外出することを極力避けていたからだ。

引き取りの時間になって貨物の受け取りカウンターに行くと、すでに子犬は到着していた。小さなケージの中は真っ黒で何も見えない。かろうじて、目がきょろきょろと動いているのが見えた。想像していたよりもずっと大きく、迫力があった。まだ生後数ヶ月のはずなのに、子犬というか、すでに大型犬の雰囲気がないか？　おそるおそるケージを開けてみる。そこからの初対面はなんと言ってよいのやら。子犬がびっくりしたらかわいそうだから、絶対に大声を出さないことと言い聞かせていたので、双子は騒ぐことはなかったが、声を出さずに喜びを体全体で表現する、よく似た子ども二人の存在は相当目立っていたと思う。一体何事かと、数人の職員さんが足を止めていた。

さて、子犬がわが家にやってきてから、しばらく経った。新しい生活にも慣れ、明るく、活発だ。平日は私と二人きりで過ごしているが、とても落ち着いており、騒ぐこともない。トイレもそろそろ覚え始めた。私が歩けばどこまでもついてきて、私が座れば真横に座る。犬ってこんなに人なつっこい生き物だったかなと驚いてしまう。ドッグベッドも買わなかったので、アルミのパーツボックスに毛布を敷いて寝かせているが、それも不満がない様子だ。先週はきっちり収まっていた体も、今週は前足が出たり、後ろ足が出たりしている。みるみるうちに成長し、大型犬の迫力が出てきている。

もつれ合うように、楽しそうに跳ね回る子どもたちと子犬を見ていると、双子というよりは三つ子のようだと思う。これから十年以上、つまり双子が成人するまでこの犬が二人とともに歩んでくれるのかと思うと、改めて、犬の存在の大きさを感じずにはいられない。同時に、老犬の姿を心から懐かしく思う。十数年間、片時も離れず一緒に暮らしたからこそ築くことができた、強い絆を今も感じる。遠くなった耳、抜けてしまった歯、白く濁った目。今も手を伸ばせばすぐ近くにいるような気がする。

ふと足元を見ると、今日もいつもの場所で子犬が眠っている。ムクムクとした体はまるでぬいぐるみのようだ。あの子、新しく来た子のこと、どう思っているだろう。こんな大きな犬を飼っちゃって、散歩とかエサ代とかどうするつもりやろと、呆れているかもしれない。それとも、「なにやら真っ黒い、けったいなやつが来たなあ」と、笑ってくれているだろうか。

しっぽブンブン

風のなかに春のにおいを感じる。朝晩はまだ冷え込むけれど、日中の数時間はリビングの窓を開け放つぐらいがちょうどいい。熱い珈琲を淹れて、ほっと一息。わが家に来て早二ヶ月の黒ラブのハリーも、私の休憩につきあうようにベランダに出ては、行き交う人や車をじっと眺めている。

午前中には近所の幼稚園の園児達が散歩で通りかかる。バイバーイ！と手を振られると、ハリーは長いしっぽをブンブンと振り返す。午後にはカルチャースクールの生徒さん達が足早に通り過ぎる。一人の若い女性がハリーを見るや、「キャー！　カワイイ！」と声を上げた。ハリーは、またもや長いしっぽを、ちょっと念入りにブンブンと振り返した。そんな様子をしばし眺めていると、不思議と心が軽やかになってくる。

とても順調に成長していると思う。むしろ、順調すぎるほど成長している。生後数ヶ月には到底見えないけれど、一体この子はどこまで大きくなるのだろう。柴犬であれば完全に成犬サイズだ。にょきにょきと伸びた手足は力強いし、体重もぐっと増えている。ずっしりとした重みのある肉球は、あんこがたっぷり入った大福サイズ。小学生の息子達には任せられない程度には力がついてきたので、そろそろ大型犬の本領発揮なのかもしれない。

　ほとんど全ての家具には立派な歯形がついた。ソファは食いちぎられ、中のクッション材が飛び出している。私のデスクチェアも、いつの間にか座面がいびつな形になってしまった。ダイニングチェアの足もボロボロだ。先日はベッドの上でまくらをくわえて、狂ったように飛び跳ねていた。いやはや、すごい暴れん坊だよ、相当なやんちゃ坊主だよ。わかっちゃいたけど、予想以上だ。しかし、犬歴二十年超の私がこんなことでひるむと思ったら、そりゃあ大間違いだ、ハリー君。遠慮することはないさ、なにせ君はまだ子犬だからね、ハハハ！　……という、変なテンションになっている私を見かねた友人知人が、大型犬なんだから気を抜いちゃダメ、しっかりしつけなきゃと忠告してくれる。

最近、わが家に突然の訪問客が増えた。滅多に現れない人が、インタフォンのモニタの向こうでニンマリと笑っている。ドアを開けると私の顔も見ずに、私の足元をきょろきょろと探す。もちろんそこにいるのはしっぽを振って、飛び跳ねながら、愛嬌たっぷりの顔で出迎えているハリーだ。その顔を見るやいなや、女性は「キャァァァァァ！」と叫び、男性は「グヘヘヘヘ」と奇妙な笑い声を出す。興奮したハリーにおしっこをかけられて「アハハハ！」と大喜びの人もいる。ねえ、それって本当にうれしいの？　どうなの？　ねえ、どうなの？

遠方の知人は「今度京都に行くんだけど、帰りに滋賀に寄ってもいいかな？　久しぶりに話がしたくて」とメールを送ってくる。目当てがハリーだということはバレバレである。無理矢理関西に出張を入れたんで……、と連絡をくれる人もいる。無理矢理にでも会いたいのか、ハリーに。そんなに見たいのか、この黒犬を。立派な大人が見事に骨抜きにされ、デレデレになってしまった。ハリー、怖ろしい子……！

しかし、こんな状況を面白くないと思っている人間が一人いる。夫だ。無類の犬好きで、出張先では必ず犬のプリントされたTシャツを買い求め、コレクションしている男だ。集めた犬の図鑑は数十冊、犬の話ばかりしているのが理由で、会社でついたあだ名が「犬人間」。そんな夫が、まったくもって面白くないという顔をしている。理由はただひとつ、ハリーが私の方に懐いているからだ。

湖畔を散歩中、遠くにいるハリーを呼び戻した夫の横をすり抜けるようにして、ハリーは私のところに全力で走ってくる。首をかしげながら、もう一度呼び戻そうと名前を呼ぶ夫を完全無視して、私からの指示を待つハリー。夫は「おかしいなあ」と腹立たしげに言うが、犬は犬で、誰の側にいればおいしいごはんが出てくるか、おいしいおやつが出てくるか、ちゃんと理解しているのだ。「やっぱりラブラドールっていうのは人なつっこい犬だな。一番近くにいる人を選ぶっていうことかな。結局、人間性とか性格とか、そういうのって犬にはわからないしな」と、最後には私に対する人格攻撃がはじまる程度に腹が立っている様子だ。

そして、面白いことに（いや、面白くないんだけど）、なぜかハリーが夫の布団をトイレと認識してしまった。布団を敷いている部屋には入らないようにしつけてはいるのだが、一瞬の隙に入り込み、あっという間に夫の布団で用を済ませ、涼しい顔で戻ってくる。困ったものだ。トイレシートはしっかりと覚えさせたし、毎日の散歩は足りているはずだ。それなのに、なぜわざわざ夫の布団をトイレと勘違いしたのか。もう一度しっかりトイレを覚えさせなくちゃいけないなと考えつつ、ニヤニヤ笑いながら洗濯機を回している私である。

急いで大きくならないで

春休みが終わり、息子達は五年生へと進級した。あの幼かった二人がよくぞここまで成長してくれたと、喜びで震える私であった……はずなのに、いささかショックなできごとが続いたため、ここ数日は心が騒いでいる。きっと季節のせいもあるだろう。忙しすぎる日常に、疲れが溜まってきたのかもしれない。今年の春休みは本当にいろいろなことが起きたために、心がついていってくれない。発端は長男が筋トレをはじめたことだった。何を言っているのだと叱られそうだが、少し我慢して読んで欲しい。

わが家の長男は、次男に比べて線が細く、大人しい男の子だ。とても素直だし、色白でやさしい顔立ちのうえに、真っ黒なストレートのオカッパ頭がトレードマークだった。しかし、一ヶ月ぐらい前だっただろうか、あの線の細い長男が、いきなり筋トレをはじめたのである。

そもそも真面目な性格の彼は、ゆっくりとしたペースながら、黙々と、休むことなく筋トレをしていた。軽めのダンベルを父親に購入してもらい、私のエアロバイクに跨がり、庭で縄跳びの練習に明け暮れた。気づくと、ブルース・リーやシルベスタ・スタローンの映画を好んで見るようになり「ロッキーってかっこいい」と言うようになった。そろそろ生卵を一気飲みするのではないかと心配になりはじめた矢先、今度は「髪を切る」と宣言した。それも「すごく短く切る」と言うのだ。

なにせ、もう五年生だ。いつまでもオカッパでいるのにも無理はある。しかし、長男が「この髪型にしたい」と持ってくる写真はすべて、オカッパとは程遠い、あまりにもお兄さんの雰囲気のものだった。本人が望んでいるのだから、それでいいのだとわかってはいても、私の中の、大人しくて可愛らしい長男のイメージからはかけ離れてしまう。それでもやはり、本人の気持ちを無視することはできず、ついでに次男も引き連れて、私がお世話になっている美容院へ行ってきた。

受付で私を担当してくれている美容師さんに、「短くしたいみたいなんですよ」と言うと、「え！　いいの？」とびっくり。そりゃそうだ。艶々のオカッパを刈り上げたいというのだから。私が長男に再度確認すると、「うん！　短くする！」と満面の笑み。ああ、もうどうにでもなれ。泣いても私は知らないぞと待合室のソファに腰掛けた。しかし、なんだか怖くて長男が髪を切られている様子を見ることができない。すると、頼んでもいないのに、横に座る次男がいちいち実況しはじめた。

「アーッ！　はさみが入りましたぁ！　これは、これは短いですッ！」

「おーっとぉ、バリカンです！　バリカンの登場です！　刈り上げだ、刈り上げのはじまりだあ！」

　私は怖くて見ることはできなかったが、次男の実況で長男がとても喜んでいることだけはわかった。「うわあ、これはすごい変化や。別人やなあ」という次男の言葉のすぐ後に、「すごーい！」という声が続いた。あまりの変身ぶりに、ほかの美容師さんやお客さんが長男に声をかけてくれたようだった。

　待合室に戻ってきた長男は、見違えるような男の子になっていた。今、流行りのツーブロックだと説明してくれる美容師さんの言葉が、遠くから聞こえてくるようだった。とにかく、私にとっては驚きの変身だったのだけれど、長男はニコニコと上機嫌で、「すごくかっこよくなった」と、うれしそうだった。あまりのことに呆然としていた私は、次男が美容師さんに「俺はオカッパのままでお願いします。そうやなあ、二センチぐらい短めのオカッパで」と注文している声に、「二センチって微妙過ぎるだろ」と思いつつも、声に出すことさえできなかった。

次男が二センチ短いオカッパに整えてもらっている間、横に座る長男に話しかけていた。「すごく短くなったね。かっこいいよ。でも本当に長男くんなの？　なんだか別人みたいね」と言うと、長男は「ボクやで。前と同じ、ボクや」と答えた。「前からこの髪型にしたかったの？」と聞くと、「ううん、五年生からするって決めててん」と言った。そうか、そうだったのね。

家で犬と留守番していた夫に「かっこよくなったなあ！」と言われた長男は、ますますご機嫌で鏡の前を離れない。そんな姿を見つめる私の気持ちを察してか、次男が「ま、ええやないの。ボクはまだオカッパやし」と言って、私の肩をぽんと叩いた。

オカッパにこだわりはないんだよ、ただ、長男くんが成長したなあって思ってね、ただ、それだけなんだ。

夜中にふと目を覚まして長男を見ると、やっぱり別人のようでまだ慣れない。刈り上げられた襟足はまだ幼く、赤ちゃんだった頃を思い出してしまう。枕元に置かれたダンベルを見れば、彼が強くなろうとしていることはわかる。それだったら、精一杯応援してあげようと思う。オカッパ頭を少し傾けながら、ダイニングテーブルで静かに宿題をする長男の姿が大好きだったけれど、彼も成長しているのだ。当然のことなのだ。さようなら、オカッパ頭の長男くん。

その長男の横に寝る次男は、シングルの布団からはみ出しそうな勢いである。この次男にも、実は春休みの間に大きな変化が訪れた。私にとっては、長男の変化も次男の変化も大きな衝撃で、心乱れる日々が続いた。先輩の男児ママ達からは、「そんなのまだ序の口だ」という声が聞こえてきそうだけれど、育児のスピード感は想像以上に加速してきている。ついていけるだろうかと、不安になる。

二月にわが家の一員となった子犬のハリー号も、順調に成長し続けている。つい先日まで、柔らかくて真っ白だったお腹の周りには、今となっては毛がびっしりと生え揃い、成犬になるまで待ったなしの状態だ。子犬というよりは子馬のように、全身が筋肉の塊である。

みんな、もうちょっとゆっくり成長してくれてもいいのにね。母は寂しくて仕方がないよ。

言ってくれればよかったのに

十年以上子どもを育ててきてはじめて、次男が何を考えているのか、何が起きているのか、正確に理解できない状況に陥った。どうしたらいいだろうと悩んでいる間に、うまくコミュニケーションが取れなくなってしまった。

四年生になってから、少しずつ、「どうせ俺なんてダメだから」という後ろ向きな発言が目立つようになっていた。あれだけ饒舌で、明るくて、活発だった次男が外に出て遊ぶことが少なくなった。かといって部屋で本を読むでも、テレビを見るでも、ゲームをするでもなく、ただ漫然と布団に潜り込む。ランドセルの中はこれ以上ないほど乱雑に物が詰め込まれ、筆箱の中の鉛筆の芯は折れていることが多くなった。それを注意すると、憮然とした表情をして私の顔を見ようともしない十歳の息子に、手を焼く機会ばかりが増えていった。

はっきりと何かがおかしいと気づいたのは、音読の宿題につきあった時だった。学校の様子を微に入り細に入り私に報告するほど語彙の多い次男が、音読になると途端に声が小さくなり、正確に読むことができなくなる。瞬きを繰り返し、体を揺らしながら必死に読む姿に驚いた。当然といえば当然なのだけれど、漢字テストの点数は芳しくなく、本人もはっきりと、国語が苦手だと認識するようになっていた。

その時点でも私は、読む量を増やしたり、もっとシンプルな教材で練習を積めば、克服できることだと思っていた。週末になると次男を連れ出して、本屋に向かった。以前であれば、私と本を選ぶことがなにより好きだった次男が、何を見ても興味を示さない。大好きなゲームの攻略本も、手に取るだけで欲しいとは言わない。マンガもだめ、雑誌もダメ。もう、お手上げだった。今まで十年間積み重ねてきたものが、足元から崩れだしたような不安を感じる日々だった。

そんな手詰まりの時期に学期末を迎え、次男の担任の先生との面談があった。担任の先生から聞いた次男の状況は、私が想像していたより深刻で、面談が終わり自宅に戻ってしばらく考え、市の発達相談センターに電話を入れた。解決の糸口が見つかるかもしれないとの思いだった。

　次男はいくつかのテストを受けた。その結果をもとに、次男を担当してくれる作業療法士の女性と会うことになった。とても明るく、楽しい方で、緊張気味の次男の心を見事に解きほぐしてくれた。次男をイスに座らせ、身体のバランスを見つつ、「ちょっと、すごい筋肉やんか。え、スポーツしてへんの!?　もったいないなあ、よし、これから高校野球目指そう！」とか、「どんなテレビ見てるの？」と話しかけた。次男は、その明るい雰囲気につられて微笑みだし、どんな質問にも正直に答えるようになっていた。

「ねえ、黒板、見えてる？」と聞かれた時だ。次男は「全然見えない」と、小さな声で答えた。横で聞いていた私は、頭をガーン！と殴られたような衝撃を受けた。「教科書、見えにくいとこない？」と聞かれた次男は、「うん、見えへんところがある」と答えた。ちょっと待って、学校で受けた視力検査の結果はどうだった？　確かあまりよくなかったから眼科に行って検査したはず。そうそう、検査して、まだ眼鏡は必要じゃないと言われたよね。でもあれっていつの話だったっけ……。猛烈に焦る私に、作業療法士さんは「お母さん、もしかしたら息子さん、黒板が見えてないし、見えにくい部分があるのかもしれないですよ。それに形の認識も苦手かもしれないですね」と言った。

頭が真っ白だった。私は今まで何をやっていたのだろう。目の前にいる息子の何を見てきたのだろう。焦った私は、まったく最低なことに、次男に対してこう口にしたのだ。

「言ってくれればよかったのに」

すると、次男はまっすぐ私を見返し、「何度か言ったよ」と、冷静に答えた。

その場に流れたその時の雰囲気は、一生忘れることができないだろう。作業療法士の女性が「お母さん、子育てしてたら、そんなことありますよ」と慰めの言葉をかけてくれたおかげで若干救われたものの、久しぶりにフラフラになるほどの衝撃を受けた。
「今までしんどかったな。本当に、よくがんばったな」と声をかけてもらい、次男はとてもうれしそうだった。面接が終わり、発達相談センターのロビーに出ると、次男は力一杯走り回った。あんな次男を見たのははじめてだった。「何か憑きものでも落ちたような感じですかね……」と言う私に、作業療法士の女性はプッと笑っていた。

市内を走る、帰りの路面電車のなかで、この機会を逃したら一生後悔すると思い、「今まで気づくことができなくてごめんね」と次男に謝った。「かまへんよ」と、次男は答えた。

「今からデパ地下寄って、おいしいものでも買って帰る？　買い物してから映画でも観ようか？」

「どうせ買うのはワインやろ！　映画はアカンよ、みんなが家で待ってるし」

こんな会話をしながら買い物を楽しみ、家路についた。荷物はすべて次男が持ってくれた。

翌日、眼科で診察を受け、眼鏡を作った。さっそく眼鏡をかけた次男は、「こんなに世界がきれいだとは思ってもみなかった」と言った。ぐさりと胸に刺さる言葉だったが、それでも、見えにくい世界から次男は出ることができたと思うと、私もうれしかった。

最近の次男はとても前向きで、昔のような明るさを取り戻しつつある。漢字のテストも、悪くない。今は坂本龍馬の伝記に夢中だ。これから先も、過去四年間で取り残してきてしまったものを少しずつ積み上げる作業が続く。いつか、苦手を克服できる日が来ることを願っている。あきらめずに伴走しようと思う。

私自身は、専門家の意見を聞くことで、膠着した状況も劇的に動くことがあると学んだ。次男だけでなく、私も救われたのだと感謝している。

途中下車

私の住む琵琶湖周辺も、先日梅雨入りした。今のところ湿度、気温ともに低めで、梅雨とはいえ快適な日々を過ごしている。家族はそれぞれ皆元気にしているし、愛犬のハリーはとてもカワイイしで、なかなかどうして順調な村井家だ。あとは私がもう少し効率的に仕事をこなせるようになったら本当にいいのだけれど、わが家の何でも屋こと私は、相も変わらずいろいろな物事に追い立てられて、バタバタと暮らしている。

ここ数ヶ月で私の生活が大きく動き出したように思う。今年後半は東京に出向く機会も増えそうだ。この十年間、一度も行っていないのだから、出向く機会が増えるもなにも、やっとのことで行けるようになったというのが正解だろう。書籍のプロモーションだって、私が東京に行くことができればスムーズに運ぶこともあっただろうに、いつも息子たちが幼いことがネックになって、涙をのんでお断りせざるを得なかった。しかーし！　双子は今年から五年生であります。お母さんが仕事で東京に行くぐらい、全く問題ないのであります！

私にもとうとう自由が!?なんて考えると自然に顔がにやにやしてしまう。新幹線に一人で乗ると想像しただけでワクワクする。「一人」。なんて素敵な響きだろう。時間を気にすることなく、美しい街並みを自由に歩くことができるなんて、最高ではないか。それも世界有数のグルメの街、東京であります。来る日に向けて胃腸を鍛え上げる所存です！　よろしくお願いいたします、カンパーイ！

ただ、うれしい反面、胸がチクリと痛むのだ。東へ向かえば、私の故郷を通り過ぎることになるのが理由である。琵琶湖のことばかり書いているが、私は、静岡県焼津市の出身だ。最近ではふるさと納税の人気が高く、報道される機会が増えたため、以前より知名度は上がっているかもしれない。私が幼少期を過ごした焼津市は、田舎の小さな港町といった風情だった。最後に戻ったのは三年前になる。本当のところを書けば、この二十年ほど故郷とは距離を置いてきた。

京都の大学に進学した翌年のことだった。ふと、年末は帰省しようと思い立ち、母に連絡をした。久しぶりに一緒に正月を過ごせないかと提案し、おせち料理とお雑煮を作って欲しいと頼んだのだ。母はそれを聞いてとてもうれしそうだった。アルバイトが年末ギリギリまであるから、戻るのは大晦日の午後になる。三十日は夕方までアルバイトをして、夜中までかかってワンルームのマンションを掃除し、荷物をまとめ、京都土産をバッグに詰めた。翌朝、どうしてもアルバイトの子が見つからないから、午前中だけお願い！とバイト先の店長から頼まれて、断りきれずに午前中だけ働き、大急ぎで荷物を担いで京都駅に向かい、新幹線に飛び乗った。

静岡駅で新幹線を降りて在来線に乗り換え、人気の少ない焼津駅に辿りついた時、辺りはすっかり暗くなっていた。駅構内の寒々とした蛍光灯の明かりを見て、戻ったことを実感した。当時、母は駅前で喫茶店を経営していて、駅東口の階段を降りればすぐ正面にその店の明かりが見えたものだった。その日、すでに看板の電気は消えていた。母と祖母が待っているだろうと、実家まで川沿いの道を急いだ。でも、実家に辿りつくとそこには祖母しかいなかった。母は友人と会うために出かけていき、たぶん翌日まで戻らないと祖母は言った。

私との約束を破り、大晦日に友人とどこかへ出かけてしまった母の身勝手が信じられず、猛烈に腹を立てた私は、残念がる祖母を実家に残し、結局そのまま京都までとんぼ返りした。走って焼津駅まで戻り再び在来線に乗ると、静岡駅に向かった。持ってきた京都土産は駅のゴミ箱に捨てた。この時以来、母が病に伏せるまで、実家に戻ることはほとんどなかった。約束を反故にした母とは、その後しばらくして和解したし、人生にはやむを得ないことが起きるのももちろん理解していたものの、私の中には裏切られたという痛みだけが残った。結局、私にとって故郷はこの時を境に遠い場所になった。

今の私にあの頃の頑なな気持ちがあるのかというと、不思議なことにほとんどどこかへ消えてなくなっている。確かに今でも胸はチクリと痛むけれど、今まで避けてきた静岡という地に、再び一人で立ち寄るのもいいだろうと思える。静岡駅で新幹線を途中下車したら、きっと懐かしさで胸がいっぱいになるだろう。駿府城を抜けて、毎日通ったあの通学路を、一人で歩いてみたい。同級生たちの明るい笑顔が蘇ってくるようだ。

今になって思うのは、あのとき間違っていたのは、約束を破った母でも、子どもじみた理由で腹を立てた私でもなかったということ。その前年に父が他界し、人生のバランスを崩していた私と母の、ほんの些細な心のすれ違いだったに違いない。あれだけ私を頑なにした故郷に対する思いは、時の経過とともに和らぎ、これから先はきっと、あたたかな懐かしさに変わっていくのだろうと思う。

きざみ葱メガ盛りの乱

去年の夏は、「息子達の夏休みに合わせる形で仕事の調整を済ませていたこともあって、私自身も心に若干の余裕を持って夏を楽しむことができた」なんて涼しい顔で書いていたようだ。今年の夏休みは、去年とは打って変わって、琵琶湖で優雅に息子たちを泳がせるなんてことは一切できていない。息子たちの夏休みの宿題を見てあげることもままならない状態だ。夏休み？　バケーション？　一体なんのことでしょうか？

　この夏の私は、ただひたすら、家事の分担で揉めるアメリカ人夫婦の葛藤の日々について訳し、国家の安全を脅かす下痢について調べ、人間をやめてヤギになろうと奮闘した男の物語を推敲している。子どもたちに声をかけられても、右から左に流れていってしまう。申し訳ないとは思いつつ、あまり手の込んだ食事も作ってあげることができていない。心にも時間にも余裕がない。ふと気づけば、子どもたちの夏休みも折り返し地点を過ぎた。どうしたらいいのだ。

例年より若干長めに夏休みを取った夫が私の窮状に気づいたらしく、家事、育児をできる限り請け負うと言い出したのが八月上旬のことだ。先日私が家を留守にした二日間で、どうやら家事にハマったらしく、「今年の夏は俺にまかせろ」とついに立ち上がったのだ。当然、私は歓喜の声を上げた。これで仕事が進められる。あと少し頑張れば、長くて暗いトンネルから抜け出すことができる。これぞまさしく千年に一度の奇跡！　全米が泣いた！と褒めちぎったため、夫はますますやる気になったようだった。

食事が済むと、夫はさっとテーブルから立ち上がり、皿を洗いはじめる。私なんて汚れた皿が何時間シンクにあろうと別に気にもならないが、夫はそうではないらしい。すべてきちっと洗って、ふきんで拭いて（！）、食器棚にすべて戻す。普段から私よりは主婦力が高いとは思っていたが、ここまでとは驚いた。それだけではない。夫は連日、朝早くから犬と子どもを連れて琵琶湖に行き、泳がせ、私がある程度静かな環境で仕事ができるように配慮してくれたのだ。そもそもアウトドアタイプの夫なので本人も楽しんでいるだろうが、なにより息子たちが喜んだ。「パパと遊ぶのは楽しいわ、だってママみたいに、あれやるな、これやるなって言わへんし」とご機嫌だった。

しかし、夫の家事・育児全面請負宣言から数日経過した頃から、雰囲気は怪しくなっていった。夫がブツブツとなにやら言いはじめたのだ。

「ここの棚だけど、なんでもっと整理しないの？　それからシンクの下だけど、これも効率悪いなあ……」

「冷蔵庫の中のソース類だけど、一箇所にまとめない？　スペースが無駄になるし」

「野菜室に小麦粉？　意味がわからない」

　キーボードを叩く指がプルプル震えそうになるのを必死にこらえつつ、我慢した。だって夫は夏休みを返上して、家事をほぼ１００％、負担してくれているのだ。それに去年訳した本には、夫が家事を手伝ってくれたら、妻は自分のやり方を押しつけず、まずは夫に自由にさせるのが吉だと書いてあったではないか。「仕事がある程度片付いたら、まとめてきれいにしていくから」と努めて明るく答えると、夫はまたかといった表情で「……俺がやった方が早いね」と言ったのだ。

（私の中のもう一人の私）「ダメよ、何も言っちゃだめ！　だって彼は一生懸命手伝ってくれているんだもの！」

（私）「大丈夫、わかっているわ。彼は家の中が効率的に動くように考えてくれてるのよね？」

（私の中のもう一人の私）「そう、その通りよ。だからあなたは仕事に集中するの。いい？」

（私）「うん、わかった……」


と、こんな会話が頭のなかを駆け巡り、私はなんとか我慢することができた。夫には笑顔で、「片付けしてくれてありがとう」と伝えた。いつもだったら猛獣のように反撃する場面だが、なんとか心を静めることができた。とにかく、今は仕事が先だ。なにより、夫は夏休みを返上して……（以下同文）。


しかし、この翌日、とうとう私は夫に爆発した。きっかけは、夫がぽつりとつぶやいた、「きざみ葱メガ盛り……？　こんなの買うんだ？」という言葉だった。キーボードを打つ手がピタリと止まって、がばっと夫の方を振り返って、大きな声を出した。

「買うよ！　だって便利だもん！　葱をきざむのって面倒なんだよ！　このきざみ葱で助けられている主婦が全国に何万人いるか、あんた知ってんの!?」

途中から自分でも何を言っているのかわからなくなっていた。しかし、一旦出はじめた言葉は止まらない。夫は私の突然の反撃に驚きつつ、「商品名を言っただけなんだけど」と困っていた。その日は意識を失うまでチューハイを飲んだ。

仕事のストレス、子どもとあまり過ごしてあげることができていないことへの罪悪感、その他いろいろがどっさりと両肩に乗っているような気分だ。それなのに、子どもたちは「今年の夏は、ダラダラしてていいなぁ〜！」と上機嫌だ。「パパはうるさくないし、映画も見せてくれるし、最高や〜！」と、いうことなのである。そうか、いや、そうなのかもしれない。今まで私が感じていた夏休みの子育てに関する焦りのようなものは、すべて杞憂だったのかもしれない。毎日せっせと遊ばなくても、彼らだってきっと、何もしない時間を過ごしたいのだ。なんだか急に気が楽になり、平常心に戻ることができた。今年の夏はすべて夫に任せた。時々出るつぶやきは気になるけれど、その仕事っぷりは素晴らしいものだ（キッチンも、子どもも、犬も、ピッカピカ）。

さあ、仕事も残すところあと少しだ。最後まで走り抜くことができるだろうか。

筋トレボーイ

運動会の季節になった。最近は、春に開催する地域もあるようだが、私の息子達が通う小学校では、開催は夏休み明けの初秋である。まだ残暑厳しい九月後半の週末、ほぼ一日かけて行われるこの行事、実は、私はとても苦手だ。運動が苦手だから、一日拘束されるのが嫌だからというよりは、子どもたちが様々な競技に打ち込み、そして親たちが応援するその姿を見ると、どうにもこうにも（感情的に）疲れてしまうし、自分の居場所を見つけることができず、そわそわするからだ。

昔からそうだった。私は、周囲から見たらどうでもいいことで一人感動し、感動すべき場面ではどうしても素直になれず、知らんぷりすることが多かった。そのたびに、親や教師に叱られた。なぜみんなと一緒にできないのか、どうして一緒に感動できないのか。きっと、可愛げのない子どもだったのだと思う。その可愛げのない子どもは可愛げのないまま成長し、立派な中年になっても、やっぱり感動的なシーンからは逃げ続けていた。応援合戦なんか見た日には、寝込む勢いだ（年末の紅白歌合戦も直視できない）。しかし、去年あたりから徐々に様子が違ってきた。

　去年の運動会で、一年生の徒競走を見た時だ。小さな体で一生懸命走っていた男の子が転び、泣き出した。ひざをすりむき、顔をくしゃくしゃにして泣くその子は、それでも立ち上がり、必死にゴールを目指して走り出した。それを見た瞬間、心臓をぎゅっとつかまれたような気持ちになった。感情を抑えきれない。がんばれ！　もう少し！　ほら、あとちょっと！　気づいたら号泣だ。我に返り、はっとして、一緒に見ていたママ友の顔を盗み見ると、全員号泣状態だった。両手を握りしめ、うんうんと頷き、その男の子がゴールした後は、両手がちぎれんばかりの拍手。よかった、ああよかった！　よかったね、うんうん！（互いの二の腕をバシバシ）なんだかよくわからないけれど、私も必死に拍手していた……目をうるうるさせながら。この日を境に、とうとう私も、うるうるの曲がり角を曲がってしまったらしい。

　この私の大きな変化には（少なくとも自分にとっては大きな変化には）、長男がある程度関わっていると思っている。次男に比べ、長男はとても大人しく、真面目なタイプだ。地道に努力を重ねる人で、何かやると決めたら最後までやり通す強さがある。例えば、数年前から長男は、木や紙を使った工作に没頭するようになり、一人静かにじっくりと取り組むようになった。全く集中力のない私は、そんな長男の姿を見ると一体誰に似たのかと不思議な気持ちになる。そのうち長男は、長い時間をかけてしっかりとした作品を作るようになっていった。とても細かい作業だ。色も丁寧に塗る。こんな長男の姿を見るたびに、感情があふれてしまうようになって、一人コソコソと涙していた。ひたむきさに心打たれるようになったのだ。

　そんな長男は最近、地道に筋トレをするようになった。一体なぜ筋トレなのかと聞くと、「強くなりたいから」。わからないでもないけれども、なぜまた突然に……と、思っていた。しばらくしたら飽きるだろうとも考えていた。お調子者の次男に「なんで筋トレやねん、モテたいんか！」と揶揄されても相手にせず、彼は黙々と、腹筋、背筋、腕立て伏せに没頭する。顔を真っ赤にして、孤独にトレーニングを続けるのだ。最近では、ｉＰａｄでトレーニングビデオを見つつ、お気に入りの音楽を流し、慣れた様子で一時間ほどワークアウト。終了するとシャワーを浴び、着替え、何ごともなかったかのように座っていたりする。地道に、こつこつと。彼にはこんな言葉がとても似合う。

そんな長男の姿を目の当たりにするようになって、次男も変わりはじめた。俺もトレーニングをすると言い出したのだ。さすがお調子者だ、あっという間に影響を受けて、長男の様子を盗み見ては運動をしはじめ、「俺の方が体は大きいな……」とか言うようになってきている。私自身も、毎日わずかであっても努力を重ねることは大事だと、キッチンシンクに積み上げられた皿を見て考えたりする。

子どもが何かに取り組む姿は、それが何であっても心打つものがある。無垢な子どもたちの姿を見て涙するようになったのは、きっと、彼らのまっすぐな姿を見て単に感動するだけではなく、あの頃の自分を重ねてしまうからだろうと思う。私もあの頃、一生懸命、校庭を走っていたはずだ。長男のように、何かに夢中になって、時間を忘れるような毎日を送っていたはずだ。夕日が差し込む六畳間で、扇風機のゆるやかな風に当たりながら、大好きな本やマンガを読んでいた日々のことを思い出す。憂鬱な気持ちで運動会に参加していた幼き日の自分を、はっきりと記憶している。そして同時に、私の周りにいてくれた大人たちの姿を思い返している。父も母も、今の私が子どもの姿を見て抱くような気持ちを、私に対して抱いてくれていたのだろうか。

今年の運動会は、去年よりも素直な気持ちで子どもたちを応援できるのではないだろうか。とりあえず、ハンドタオル一枚とサングラスを持って行こうと思っている。

ピカピカおにぎり

まだ暑い日はあるものの、琵琶湖周辺はすっかり秋めいてきた。湖水浴客が少なくなったというのに、週末になると県外からの車で国道が大渋滞するのは、近所のスキー場が施設を新しくしたことや、少し北方面に行くと栗拾いができる農園や、散策できる観光地が多いことが理由だろう。紅葉の季節が終わるまで、しばらくは混雑が続くかもしれない。普段通りの生活ができないのは多少面倒ではあるけれど、それでも地元が潤うのは悪いことではないよねと、窓から見える国道の長い車列を見て思ったりする。

運動会は無事に終わった。結局、私は例年通り、子どもたちの競技からは若干距離を置き、静かに観戦して、あっさりと運動会を終えてしまった。いやもちろん、子どもたちの成長した姿は頼もしかったし、先生方が忙しく動き回る姿に感謝もしたのだけれど、実は、私はそれとはまったく別のところで、打ち震えるほど感動していたのだ！

運動会の楽しみといえば、お弁当だ。子どもにとっては、いつもと違う環境で食べる豪華なおかずや、それをお友達や家族と一緒に食べた記憶は、長く心に残るだろうと思う。そして実は、私も相当楽しみにしている。自分の作る献立の味に飽きてしまっている私は、それがどれだけシンプルなものであろうとも、「誰かが作ってくれた何か」に飢えている。数年前から、一緒に観戦する数家族がお弁当をテーブルに広げ、立食パーティーさながらにいろいろなメニューを楽しむ……という弁当友の会（のようなグループ）に参加するようになった。参加する側からすると、ほんの数種類の総菜を作って持って行くだけで、他のご家庭の味を堪能できるという利点があって、端的に言えば最高だ。働く母たちが苦し紛れに絞り出した知恵とでも言えるだろうか。そんなこんなで、毎年お弁当の時間は随分と賑やかになる。

今年、私はサンドイッチを持って行った。例年はもう少し頑張るのだが、今年の夏はとにかく忙しく、献立を考える余裕も、作る体力も残されてはいなかった。他のお母さんたちに申し訳ないとは思いつつも、「今年はこれでどうぞよろしくお願いします」と、手を合わせるような気持ちで、朝六時に起きてサンドイッチを作って持って行った。

例年であれば、観戦用のタープテントを張る場所にいち早く到着している、しっかりもののお母さんが、今年はなぜかいなかった。おかしいなと思いつつ、連絡を入れるが繋がらない。仕方ないので自分の荷物を置いて、持ってきたタープテントを組み立てはじめると、やっとのことで当のお母さんが息せき切ってやってきた。山ほどの荷物をカートに載せて、そのカートから大きな風呂敷包みを二つ取り出しながら、「実は、車を当ててしまったんよ。他のお母さんに送ってもらったから遅くなっちゃった」と彼女は言った。「エッ！　大丈夫だったの!?」と驚いて聞くと、「後ろのガラスが全部割れてしまったわ」と、笑いながら言う。咄嗟に「怪我は？」と聞いたが、それは大丈夫だと彼女は言った。そして、その風呂敷包みを運ぶ手伝いをしはじめた私は、ふと気づいた。なんだ、この風呂敷包み、すっごく重いぞ！

中を見てみると、それはおにぎりだった。その数、たぶん五十個ぐらい。まだ温かい。ラップに一つ一つ丁寧に包まれたそのおにぎりは、ぱっと見ただけで新米とわかるほど、ピカピカに輝いていた。すごくおいしそうだねと声をかけた時、彼女の手が少しだけ震えているのに気づいた。車を当てた直後で、動揺していたのだろうと思う。「今日はなんだかおかしいわ」と言いながら、あたふたとしていた。大きなトラックを自在に操るほどの技術を持つ彼女が、車をバックさせて電柱にぶつけるだなんて、相当焦っていたに違いない。場所取りをしなくちゃ、早く行かなくちゃと急いでいただろうことは容易に想像できた。

「これって一升ぐらい？」と聞くと、彼女は明るく「一升八合！」と答えた。一升八合！　朝からそれだけ炊いて、そしておにぎりにしてきたの？　きっと四時起きじゃないの？　自分の子どもの登校準備をしながら、ぎりぎりまでおにぎりを握っていたはずだ。そう気づいた瞬間に、なんともいえない気持ちになった。私はと言えば、忙しいことを理由にして、簡単にサンドイッチを作り、タッパーに詰めただけ。忙しいのはお互い様なのに、苦労をかけてしまった。

　おにぎり、うめえ！と大声で子どもたちが喜ぶのを、彼女はうれしそうに見ていたと思う。たしかに、そのおにぎりはとてもおいしかった。海苔はその場で巻けるように、別途用意してくれていたけれど、誰もそのパリパリの海苔を巻こうともしなかった。海苔が邪魔になるのではと思えるほど、新米のおにぎりは、そのままで十分おいしかった。「誰も海苔を使ってくれへんわ、ショック〜！」と言う彼女に、海苔なんていらないくらいおいしいからだと思うよ、と言おうと思ったけれど、恥ずかしくて言えなかった。

誰かが作ってくれた何かに飢えていたはずの私は、誰かがしてくれた親切な行いに、一人、静かに感動していた。運動会翌日が誕生日で、ダンナさんと遠くのレストランに車で行く予定だった彼女は、「仕方ないからトラックで行くわ」と笑っていた。ダンナさんも、車のガラスが割れたと腹を立てるでもなく、「トラックやな」とあっさり言っていた。

後日、スーパーでばったり会ったので、おにぎりのお礼を言うと、「いいよいいよ」と笑っていた彼女。一週間後、今度は新米を持って立ち寄ってくれた。「やだ〜、いいのにぃ〜！　え、本当にいいの!?」と、遠慮は一分であっさり済ませ、ありがたくいただいた新米は、彼女の話によると、所有する田んぼで育てたものらしい。
秋の実りも、お母さんの気持ちも、すべてとてもありがたい。そんな季節だ。

僕の部屋

先日、大急ぎで学校から戻ってきた次男が、玄関で叫んだ。「かあさん！　俺、自分の部屋が欲しい！　そろそろ俺も六年やしな！」

いつの間に、「ママ」から「かあさん」になったのだろうと少し驚きつつ、ついにこの日が来たかと思った。最近、遠くのお友達の家まで自転車で遊びに行くようになった双子には、私が知らない秘密がどんどん増えているらしい。時々、私に聞こえないように、コソコソと耳打ちし合い、「わかった」とか「よし」なんて感じでやりとりしているのを目撃する。息子たちの行動のすべてを把握しようなんてことは思わないが、どこのお友達と遊んでいるのか、何をして遊んでいるのかは、親としてある程度は知っておかなければならない。さりげなく（探っているのではないというオーラを全身から出しながら）、「今日はどこに行ったの？」、「何をしたの？」と事情聴取したりする。

答えは決まって、「友達の家でゲームした！」というものだ。最近ではその後に、「A君の部屋がすごくかっこいいねん！」とか、「みんな自分の部屋を持ってるんやで、俺らにはないけど」なんて発言が続くことが増えていた。そろそろ部屋を用意してあげなくちゃいけないなと思いつつ、忙しさを言い訳に数ヶ月が経過していた。次男が、やいのやいのと再び言いはじめたことがきっかけになって、とうとう重い腰を上げて、それまで物置同然に使っていた一階の部屋を片付けた。

六畳ほどの一室を次男に、その横の、少し広めの部屋を衝立で仕切って長男の部屋とした。ベッドを入れ、壁に掛けるポスターを用意し、机を置いた。エアコンもついているから快適だろう。まだ部屋の中はがらんとしているけれど、自分たちでなんとかするはずだ。ある程度家具が揃ったところで、長男と次男に各自の部屋を披露した。二人は大喜びで、あれやこれやとレイアウトを紙に書き、どうやって楽しい部屋を作ろうか、大興奮で計画しはじめた。

部屋の準備が整った翌日から、わが家は近所の子どもたちであふれかえった。自分の部屋ができてうれしくてたまらない息子たちが、友達を招待しはじめたのだ。とにかく、毎日多くの小学生男児たちが、玄関からではなく、息子たちの部屋のサッシの窓からどんどんわが家に入ってくる。玄関から入らないのは、飼い犬のハリーを怖れてのことだ。男児たちは口々に、「あの犬はヤバイ」、「あれは殺人犬や」と顔面蒼白で噂している。二階の仕事場にいる私にもそんな声は聞こえてくる。やれやれと思いつつ、男児たちが笑い転げている声を聞くと、こちらもなんだか楽しくなってくる。

お友達が帰ったあとも、それぞれが自分の部屋で過ごす時間が増えた。互いの部屋を行ったり来たりして、二人で楽しく遊んでいる様子もあった。しかし、日が暮れて外が暗くなると、大急ぎで私のいる二階の仕事場兼リビングにやってくるのだ。そして、あれが食べたい、これが飲みたい、風呂は沸いているか、テレビを見たいがリモコンはどこだと、いつもの調子になる。「せっかく部屋を作ったんだから、自分の部屋で夜まで過ごしてみたら？　一度、次の日の朝まで寝てみるといいよ。それはそれですごく楽しいから」と、業を煮やして提案すると、長男と次男は顔を見合わせた。

夜？　一人で寝るの、僕ら？

向こう気の強い次男は「俺は今夜、自分の部屋で寝る」と宣言した。控えめな長男は「俺は二階でパパと寝る」と、素直に言った。その長男の発言を聞いて若干気持ちが揺らいだ様子の次男だったけれど、自分を奮い立たせるように、ランドセルと水筒をひょいと肩に担ぐと、「あばよ」と言って一階に降りて行った。しかしその決心が崩れるまで、一時間もかからなかった。

結局のところ、長男も次男も、今まで通り、私と一緒に二階の寝室で寝ている。自分の部屋で寝るのは、まだ怖いらしい。何度も挑戦してはみるものの、二十一時を過ぎると我慢ができなくなり、真っ青な顔をして悲鳴を上げながら階段を駆け上がってくる。互いにギリギリまで我慢し、一人がたまらず部屋から出ると、もう一人もそれに加わって、一斉に駆け上がってくるのだ。そこに興奮した犬まで加わり、カオスが繰り返されている。

随分体の大きくなった双子と、大型犬に囲まれて寝る私は、最近、夜中に目を覚ましてしまうことが増えた。まんじりともせず天井を睨みながら、あんなこと、こんなことを考える。左側には、私の背を超えるほど成長した次男がいる。右側には、まだ線は細いけれど、男の子らしくなってきた長男がいる。あと一年もすれば、この子たちが私と一緒に寝ることはなくなるだろうと思う。その日が来るのが待ち遠しいような、そうでもないような気持ちだ。青年となり、この家を出て行く日も、いつか必ず訪れる。それも、そう遠くない未来だろう。社会に出て、苦労しないだろうか、悲しい思いをしないだろうかと、今考えたってどうにもならないことを暗い部屋の中で繰り返し考える。答えは出ない。ただ、どうかこの二人の若者が、そして足下に寝るとんでもなく重い犬が、いつまでも健康で幸せに暮らせますようにと、そう願うことしか私には出来ない。

3章　2018年

元旦、道路に寝転んで

　今年こそ、絶対に十分な休息を取ると決めていた年末年始だったけれど、やはり今年もドタバタと年を越してしまい、気づけば正月はすっかり終わっていた。ゆっくりと休めたのかというと、あまり休めていないし、冬休みを終えて三学期をスタートさせた子どもたちが学校に戻った今は、結局、いつも通り、朝から晩まで仕事と家事に追われている。すっかり大型犬へと成長した愛犬ハリーとの散歩も休むことなく続けているから、実際のところ毎日ヘトヘトである。毎年思うことだけれど、一年の始まりってこんなに忙しいものだったっけ？　一年で一月が最も忙しいと感じるのは私だけ？

　ＳＮＳをちらりと見れば、ママ友や同級生たちも、てんやわんやの年末年始を送っていたようだ。おせち料理の準備に精を出し、子どもに渡すお年玉をキャラもののポチ袋に入れ、親戚のためにお酒を買いに走り、煮物を鍋いっぱいに作ってフル回転。挙げ句の果てに働き過ぎて大晦日に熱を出したり、子どもがインフルエンザに罹ったり、まあ本当に年末だというのにご苦労様ですと頭が下がる思いだった。年が明ければ少しは楽になるのが普通だが、小学校の三学期は多くの行事をこなしつつ瞬く間に過ぎていくもの。気づけば進級の時期となり、今年はついに六年生だ。今年、新六年生になる子を持つ親たちはきっと、正月にほろ酔い気分になりながらも、「わが子もとうとう六年か」とため息をつきながら、自分を奮い立たせたに違いない。道で顔を合わせれば、「今年は大変だね、お互い」という言葉しか出てこない。

　さて、村井家では、夫の両親が大晦日から新年二日までわが家に宿泊するという、恒例の正月行事が今年も行われた。これを友人知人に話すと、１００％悲鳴を上げられるのだが、わが家では十年ほど前から、この年越しスタイルが定番となっている。夫の実家とわが家は車で十分ほどの距離にあり、普段も頻繁に行き来しているため、私的には「なにも正月まで」とは思うのだが、夫の両親からしたら「正月だからこそ」、長男夫婦と孫と一緒に年を越したいと思うのだろう。その気持ちを否定することはできない（心の中で葛藤はしても）。両親の年代の人たちにとって、お正月は、とても特別なものだろうと想像できるからだ。

私が子どもの頃のお正月は、それこそ本当に特別な行事だった。大晦日、家族そろってテレビを見て、除夜の鐘を聞くのが決まりだった（私がその時間まで起きているのはまれだった）。母が枕元に新年用の新品の衣類を揃えてくれたのを記憶している。朝、目を覚ますとすでに父も母も起きていて、こたつに座ってテレビに映る全国各地の初詣の様子を見ていた記憶がある。急いで着替えて私もこたつに入る。「あけましておめでとうございます」と挨拶すると、「あけましておめでとう」という言葉とともに、父が私にお年玉をくれたものだった。こたつの上に置かれたおせち料理と、お雑煮。ストーブの上には、今にも膨らみそうになった焼き餅。いつもとまったく違った朝ごはんに心躍らせたものだ。

　私の記憶に残っている元旦の風景は、これだけではない。今でも鮮明に思い出すのは、静まりかえった町の風景だ。私が生まれ育った漁師町では、日が昇るずっと前からいろいろな音が聞こえてくるのが常だった。配達の車のエンジン音、かすかに聞こえてくる威勢の良い競りの声。そんな様々な音を目覚まし代わりに生活をしていた私にとって、静まりかえったお正月の風景は、とても不思議なものであり、同時に特別なものに感じられた。

小学生の私は、元日の早朝になるとそんな町をふらふらと歩きまわった。誰もいない道路の真ん中に立ってあたりを見回し、車が来ないのを確認すると、おもむろに寝転がる。冷たいアスファルトに横たわり、その冷気を全身に感じながら両手を広げて耳を澄ますと、あたりの家々からかすかにテレビの音が聞こえてくる。台所の小窓からは、濃厚な鰹だしのかおりが漂ってくる。空はどこまでも広かったし、空気は冷たく、澄んでいた。そんなお正月ならではのちょっとしたいたずらは、小学生の私にとってはこの上なく魅力的で、他の何より、これからはじまる新しい一年を感じさせてくれるものだった。

今となっては、活気のあった漁港はその姿をすっかり変えたし、実家に住む人はいなくなった。正月の静まりかえった港町と遠い空は、私にとっては二度と手に入れることができない風景になってしまった。記憶の中の風景は、なぞらえることしかできないものに変わり、同じ風景を共有できる人は、年齢を重ねるごとに少なくなった。それはしかたのないことだと理解しつつ、ときどき、ふと寂しくなる。元気な子どもと大型犬が走り回る家の中にいても、私の中のもう一人の私は、今年の正月も、あの人気のない港町の道路に静かに寝そべっていたように思う。

元旦、期待に胸膨らませる息子たちにお年玉を手渡した。「超ラッキー！」と叫び、早速何を買おうかと大喜びしている二人を見ながら、この子たちもいつか大人になって、この日のことをわずかでも思い出す時が来るのだろうかとふと考えた。

突然の入院騒ぎ

なんとなく息苦しい日々が続いていた。

夜になると咳が出て、横になるとより一層ひどく咳き込むようになった。疲れが脱けず、集中力もない。眠ることができないというのに、すぐに横になりたくなる。指の関節が痛み、キーボードを打つことが難しくなっていた。突然、靴のサイズが合わなくなった。午後まで体力が持たず、昼過ぎには体が重くて仕方がなく、ソファに座り込むようになった。夜中に動悸がして目が覚める。横になると苦しくて、座ったまま眠るようになる。朝になり、鏡に映った自分の青白い顔に、まるで別人のようだと思った。それでも気づかなかった、自分が心不全を起こしていたことに。

もうどうにもならないと感じたある日、痛む足をふと見ると、ひどく浮腫んでいた。これは何かおかしいと、急いで病院に行った。もう夕方を過ぎていたので、時間外診療だったが、私の状態を見て何かを悟ったのか、すぐに医師が対応してくれた。慌ただしくひと通り検査をしたあと、灯りの消された病院内の小さな診察室で、「心臓ですね。明日の朝一番で、必ず大きな病院に行ってください。紹介状を書いておきますから」と告げられた。なんとなく、予感はしていた。自分でもはっきりわかるほど心拍数が上がっていた。息苦しい。歩くことさえままならない。それでもまさかと、半信半疑だった。

私は先天性の心疾患を持って生まれてきた。部分肺静脈還流異常という疾患で、七歳の時に心臓手術を経験している。今も忘れることができないほど、当時の私にとってはつらく、長く、痛みを伴う経験だった。だからこそ、私の心臓は治ったのだという思い込みが強かったのだと思う。心拍数が明らかに異常だと気づきながらも、自分を誤魔化していた。もう手術しているのだから、問題があるはずがない。一時的な不調に違いない……。誤魔化し続けて一年以上が経過し、そしてついに、私の心臓は音を上げたのだった。

翌日、朝一番で総合病院に行き、様々な検査を受けた。心臓超音波検査の検査室で、

「弁膜症って言われたことはありますか？」と尋ねられた。「弁膜症と言われたことはないです。部分肺静脈還流異常という、先天性の心疾患はありました。七歳の時に手術しました。完治したと思っていたんですけど……」と答えた。

　私を診察してくれた、後に私の主治医となった医師は、「心不全を起こしています。肺に水が溜まって、陸にいて溺れているような状態です。このままでは悪化することは明らかです。今から入院できますか？　入院されたほうがいいです」と一気に言った。まさか、また、心臓だなんてと、ショックを受け、主治医の話を聞いても曖昧に頷くことしかできなかった。でも同時に、とても安心したことを記憶している。主治医の優しげな表情と、「入院して治療すれば治りますから」という言葉に、救われたような気持ちだった。これで死なずに済んだと思ったのだ。不思議なほど穏やかな気持ちで救急病棟に入院した。ベッドに横になりながら、何本も点滴がぶら下がったポールの向こうの窓から見える景色を眺めていた。ホテルの青いネオンサインが美しかった。久しぶりにぐっすり眠れそうだと思い、うれしくなった。この日から、私の三ヶ月に及ぶ闘病生活がスタートした。

　入院から一週間。病院での生活にも慣れてきた頃、担当していた訳書の編集者から、これ以上日程を延ばすことは厳しいかもしれないとの連絡が入る。仕事をしている編集者全員に、緊急入院した旨の連絡は済ませていた。彼女も辛そうだ。今まで長い間、互いに励まし合いながら二人三脚で作業を続けてきた。素晴らしい一冊だ。愛してやまないタイトルだ。それなのに私が倒れたばかりに、彼女と一緒に大切に育んできた本の出版が危ぶまれている。この先はだれか他の翻訳者に協力を仰ぎ、共訳書として出版するしか道はないと、バカな私でもとっくに気づいてはいたが、言い出せないでいた。考えに考えて、「Aさんに頼んでみます」と返信する。Aさんのことは大好きだし、ベテランだし、文章だって抜群にうまい。

　Aさんは快く引き受けてくれた。治療に専念できるよう、病気の詳しいことは何も聞かないAさんの心遣いに感謝しながら、今まで訳してきた膨大なページ数を思い返し、悔しくて、悲しくて、どうにもならない。ベッドに突っ伏して泣いた。

　オイオイ泣いていたら、タイミング悪く、息子でもおかしくないぐらいの若い男性看護師が検温にやってきた。

「あっ……（察し）。大丈夫？　僕たちみんな、ずっと側にいるから」と言ってナースステーションの方を指さし、「ずっと見てますから」と、ちょっと照れながら付け加えた。彼の優しさにも救われた。

こうしていろんな人に助けてもらいながら心不全の治療をし、精密検査を受け（カテーテル検査は絶叫ものの痛さだった）、弁膜症の一種の『僧帽弁閉鎖不全症』と診断された。入院してから二十日あまり経っていた。

「血管には狭窄など一切なく、とても良い状態でした。でも、心臓のポンプ機能は、予想よりも低下していました」と主治医は残念そうに言っていた。「何も手を打たなければ徐々に悪化していくことは目に見えています」。手術をしなければこの先、普通の生活は難しくなるだろうということだった。

「先生、それは開胸手術ですか？」と思わず聞いた。あんな経験は、もう二度とイヤだと心のなかで考えていた。初めての手術の時の辛さははっきり記憶している。主治医は、少し申し訳なさそうな表情をして、「そうですね、開胸になりますね」と答えた。「そうですか……」と、肩を落とす私に、主治医は転院を勧めた。「ここの病院よりも設備が整った病院があります。そちらに移ったほうがいいと思います」。僧帽弁閉鎖不全症では有名な外科医がいること、専門チームが存在し、環境も整っているということだった。

私は、わかりましたと答え、そしてついでとばかりに、「先生、私って結構すぐに死にますか？」と聞いてみた。すると主治医はキョトンとした顔で、「え！　そんなことないですよ！　治療をすれば元気になります。だってそのための治療なんですから」と笑顔で答えてくれた。

　弁膜症の手術を得意とする大学病院が近隣にあったのは、私にとっては幸運なことだった。結局それから一ヶ月後に、大学病院にて手術を受けられることになった。それまでしばらくは久しぶりに我が家で過ごすのだ。

　退院の日。なんだか名残惜しくて、ほぼ三週間を過ごした病室の写真を、最後に一枚だけ撮影した。荷物を持って病室を出る。会計を済ませ、病院の外に出た。風が強く、冷たい。体力が落ちてしまい、歩くのがやっとだ。病院の駐車場に辿りつくと、車の中に愛犬ハリーが座っているのが見えた。私の姿を見つけると、興奮して大声でワンワン吠えはじめた。退院してすぐにこれかとうんざりしつつ、またあの騒がしい日々が戻ってくるのだなと、少しうれしい気持ちになった。

心臓へたっちゃってますけど大丈夫

滋賀医科大学医学部附属病院心臓血管外科。

心不全で入院した総合病院の主治医から、ここに転院を勧められた私は、一人で滋賀医科大学までやってきた。心臓血管外科のA先生の診察を受けるためだった。

この日の診察を、首を長くして待っていた。二月の退院以降一ヶ月ほど経つが、体調は日を追う毎に悪化していた。これだけ大量の薬を飲んでもこの酷い状態であるのなら、薬なしでは一歩も動けないのではないかと毎朝不安に思った。夜になれば、翌朝目覚めることができないのではと考えずにはいられなかった。

心臓血管外科の外来を目指して少し急いで歩いたが、途中、階段の踊り場で息が切れて動けなくなった。外来は二階だから登れるだろうと高をくくっていたのだ。

診察室前で待つと十分ほどであっさりと名前が呼ばれた。診察室に入っていくと、そこには背がすらっと高く、ハンサムでやさしそうな印象のA先生がいた。その場で、私の生涯二度目となる開胸手術の日程は決まった。A先生はにっこりと笑いながら、
「がんばりましょう。大丈夫、僕らに任せて。絶対に治すからね」と言い、私と握手した。その大きな手の感触と力強い言葉を頭の中で繰り返しながら、足取りも（比較的）軽く病院を後にした。しかし、しばらくするとさすがに冷静になりはじめた。
「もう一度あれをやるのか……」と、七歳の時に受けた一回目の開胸手術の凄絶さをはっきりと記憶している私は、やるせない気持ちになった。でも、手術を受けなければ、私はそう遠くない未来に、たぶん、死ぬ。選択肢はない。

日を改め、入院初日。個室に入ってしばらくすると、私を担当してくれる三人（一人はA先生だ）の医師の一人、K先生がやってきた。「担当します、Kです。心臓は結構へたっちゃってますけど、ま、大丈夫ですよ！」。心臓は結構へたっちゃってる……という言葉に若干ショックを受ける。

いくつかの検査の後、入院五日目に手術をすることになった。前日に、三人目の担当医師、M先生が病室に現れた。「あまり心配せずに、今日はゆっくりしてください

ね。まあ、寝て起きたら全部終わってますから！」と、笑顔で言い、足早に病室を去って行った。

寝て起きたら全部終わっている。それは本当だった。胸をバッサリと切られるのは、はじめての経験ではなかったが、それでもやはり、想像を遥かに超えるほどつらいことの連続だった。術後の私は七夕の笹みたいに人工呼吸器、点滴、心電図モニタ、体外式ペースメーカー、尿の管、心臓周辺の余分な血液を排出するドレーン、鼻からの酸素投与などなど、とりあえずめいっぱいくっついた状態になった。

しかし、つらい、痛いと言っているひまもないほど、大学病院でのリハビリは厳しいものだった。なにせ、開胸手術の翌日には、点滴のポールを引っぱりながら、病棟内を歩かされるのだ！　心臓手術をしたのに!?　痛みが強く、ベッドに横になっていると、明るい看護師さんに「なるべく歩いて来て下さいね！」と声をかけられる。「ごはん、全部食べましょうね！」「ベッドにはあまり横にならずに、できれば座っていて下さいね！」。あまりのスパルタに、「私、病人なのに！」と言いたくなった。でも同時に、「私、そこまで重症じゃないんだ」とうれしくなった。これを乗り越えることができたら、私はもう大丈夫だという自信が湧いてきたのだ。

自分の体が自分のものでないような感覚。新しい体に、自分の魂が入りこんだような、不思議な浮遊感。そんな複雑な気分を味わいながらも、めきめきと快復した。

リハビリも術後の経過も順調だった私のところに、A先生とK先生がやってきた。A先生は私に「君はこれから、もっと大胆に生きていくんだよ」と言った。「今まで、とても苦しくて、たくさん我慢してきたのだと思う。でも、もう大丈夫。これからは仕事も、遊びも、おおいにがんばって、積極的に生きていって欲しい」

入院から二週間、退院の日。一人で歩いて病院を出た。バックパックひとつで病院の自動ドアを勢いよく歩いて出ると、タクシーに乗り込んで最寄り駅に向かったのだ。入院した日は階段を登ることすらできなかったのが、嘘のようだった。あっという間の入院生活はこうして終わりを迎えた。今は、定期的な通院をするだけで、手術以降、心臓の状態に問題はない。

この年になって再び心臓手術を受けることになるとは夢にも思っていなかった。それでも、今こうやって元気になって、突然の入院生活を振り返ってみると、とても穏やかな気持ちになる。喜びがこみ上げる。とても不思議なことではあるけれど。

二度の手術を終えて、私の心臓は生まれてはじめて、しっかりと機能するようになったようだ。普通の人は、こんなにたくさんの空気を吸えるのだと感激してしまう。普通の人は、こんなに軽やかに歩くことができ、階段を登っても息が切れないのだ。なんて素晴らしいのだろう。

大きな山を乗り越えたことで、私は新しい人生を生きることができている。

おかえり、わたし！

大変暑かった夏に、ようやく終わりが見えはじめた。退院して早五ヶ月、すっかり体調も回復して普通の生活に戻りつつある。しかし周囲からは、若干飛ばしすぎだからもうちょっとゆっくりしなさいと何度も言われ、正直、困惑している。めちゃくちゃスピードが出る高性能自転車を苦労してようやく手に入れたというのに、「それはあなたが苦労して手に入れた自転車だけれど、スピードを出さずに時速十キロぐらいで走りなさい」と言われている気分である。無理や。そんなの無理や。こんなにいい自転車があるっていうのに、何がうれしくてゆっくり走らねばならないのだ！　毎日、ただ漫然と自転車を磨いていろと言うのだろうか。部屋に飾って眺めておけというの？　事故ってもいい。また壊れてもいい。痛い目に遭うのは私だから、自由にさせて欲しい。思い切り走らせてくれ！　どこまでもまっすぐ！　もう無理だというほどスピードを出して、風を切って走りたい。どこまでも、どこまでも。美しい景色を、飽きるほど見たい！
　だって、うれしくてたまらないのだ。今までできなかったことが、どんどんできるようになる強い喜びが、私をすっかり変えてしまった。今までの人生は、一体なんだったのだろう？　あの強い疲労感をどうやってやり過ごしていたのだ!?　鉛のように重い体を引きずって、私は一体なにをやっていたのだろうと、ふと考えてしまう。ああ、悔しい！　時間を巻き戻したい！　早く気づいて病院に行っていればよかったのに！と、昔の自分に言ってやりたい。しかし、そんなちっぽけな後悔など瞬時に吹き飛んでしまうような強い幸福感が、今、私の心を満たしている。

　その強い幸福感は、自分を取り戻した幸福感だ。自分の人生を再びこの手にした幸福感だ。目に映るものすべてが新しく、美しく見える。この両手を伸ばして、触れ、そして自分の思うままにできる。そんなものごとが格段に増えた喜びがあまりにも強く、圧倒されてしまう。この幸福をなんと表現すればいいのだろう。私は生まれてはじめて、本当の意味で自由になった気がするのだ（ちなみに先日四十八歳になった）。長い間身につけていた重い鎧を、何かのきっかけですべて脱ぎ捨てたかのような解放感がある。は〜、すっきり！

なにせ、空気を胸いっぱいに吸い込むことができる。何をしても息切れがしない。全身が痛むほどの疲労感を、これっぽっちも感じない。それだけで、たったそれだけで、ここまで人生は変わるのか。シビアな闘病をしたような気もちらりとするが、その記憶はすっかり薄れ、今となっては「ビワイチ（琵琶湖を一周すること）をやりたい」「知床に行きたい」「小屋を建てたい」「ランニングをしたい」と、連日夢は膨らむ一方だ。

子どもたちは唖然としている。退院直後は「これからはずっと家にいるからね。安心していいんだよ、ウッウッ……」とうっすら目に涙を溜めてやさしく言っていた母親が、「冷凍庫にたこ焼き入ってるから！　ほんじゃ、さいなら！」と出て行ってしまうのである。家に残された夫と子どもたちと犬が唖然としても無理はない。私は私で、アハハ〜と笑いながら、好きなところに出かけていく。私は自由だ。どこまでも自由になることができたのだ。まともに動く心臓を、生まれてはじめて手に入れたのだ！

病気が治ることで私が得たのは、健康だけではなく、自由な心だった。そしてなによりうれしいのは、自分自身を取り戻すことができたことだ。この感覚をうまく説明するのは難しい。でも、今までは家族のことで埋め尽くされていた私の心には、今は自分自身が常にいて、すっかり満室状態だ。そして、その状態が与えてくれる安心感は、とてつもなく大きい。私のもとに、私が帰ってきた。やっとのことで帰ってきてくれたのだ。

だから、私は今、とても幸せだと思う。今までその存在をすっかり忘れてしまい、ないがしろにしてきた自分を取り戻すことができて、とても幸せだと思う。

悩みがあるとすれば、仕事がまったくはかどらないということだ。毎日意味もなくうれしくて、何をしていても笑いが止まらず、なかなか作業が進まない。頭のなかに思い浮かぶフレーズは、楽しい、うれしい、最高！と、わが家の小学生男児と同じようなレベルだ。浮かれていると思われてもいい。この状態を有頂天と呼ばずして、なにがそうなのだろう。

指の間からこぼれ落ちそうになっていたものを、なんとか失わずに済んだ。また落とすのではないか、またすり抜けていくのではないかという不安がないわけではない。でも、その時は、その時だ。再び、進むべき道を考えればいい。

NO BEER, NO LIFE ?

一年前の私が聞いたら驚くようなことが、今、私の身に起きている。もちろん、病気をしたことも驚きではあったのだけれど、それ以外にも大きな変化が起きた。自分でもにわかには信じがたいのだが、まったくお酒を飲んでいないのだ。こんなことは想像すらできなかっただろう。まさか私が、あれほどガブガブ飲んでいた私が、お酒を飲まなくなるなんてッ！

そりゃあ村井さん、大きな病気をされたのだから、お酒を飲まないのは当然ですよと言われてしまいそうだが、それはきっと以前の私の飲酒量を知らないからであって、例えば私の夫などは、退院直後の私に向かって、「まさか前のようには飲まないよね？」と念押ししていたぐらいだ。大病したって飲むことだけはやめられないだろうと確信しての、あえての減量のお願いだった。病院の最寄り駅前のコンビニで缶チューハイを買っていないかどうかも同時に確認された。どれだけすごい飲み方をしていたのでしょうか、私は。

実際、主治医からお酒を控えるようには指導されていない。大変な紳士である彼は「たまにはワインを嗜むなんていいんじゃない？　フフフ……」と微笑みながら言っていたし、私のリハビリを担当した看護師さんは、「もちろん、しばらくしてからの話ですけれど、飲んでも問題はないですよ。病気をした人、したことがない人にかかわらず、お酒は適量が大事です」と、ビシッと言っていた。だから、自分がお酒を完全に控えなければいけないような状態でないことはわかっている。

それで実際何が起きているのかというと、自分でも驚きであるのだけれど、お酒を一切飲んでいないのだ。以前の私はというと、まさに鯨飲という言葉がぴったりくるような、派手な飲みっぷりだった。友人知人の殆どは大酒飲みと呼んでも間違いではない程度の酒好きばかりで、わざわざ集めたのかと疑いたくなるほど厳選されたメンバーだ。だからこそ、私のこの変化に、多くの友人が落胆した。「え〜、本当にやめちゃったの？　もう一緒に飲めないの？　そんな〜！」と何度言われたことかわからない。「飲み会、今年はまだできていないのに悲しすぎる……」と随分残念がってくれた。ありがとう。確かに残念だよ。でも、これでよかったと思ってるんだ。

以前の私は、お酒を飲まなくなることは人生の楽しみの大半を諦めることだと思っていた。あんなに楽しくて美味しいものを飲めなくなるなんて、仕事をしている意味がないとさえ考えていたし、実際、その助けがなかったらハードな仕事をこなせていなかっただろう。週末の午後五時になれば急いでワインのコルクを引き抜いていたし、夕食はお酒に合うものばかり作っていたほど、私の人生とお酒は切っても切れないものだった。お酒がなければ一日を平穏に終わらせることができなかったし、唯一の楽しみでもあった。それであればなぜ、飲まなくなったのだろうと冷静に考えてみると、これは確実に「もったいない」という気持ちからきている。

朝、目覚めた時の気分の良さと、しっかりと睡眠を取った体の安定感にどっぷり浸っているのだ。少しでもそのバランスが崩れるのは、もったいないと思ってしまう。あれだけ大変な思いをして得た健康を、わずかであっても損ないたくはない。二日酔いは、二度とゴメンだ（いや、そこまで飲まなくてもいいのだけれど、適量で止められるような私ではない)。もちろんお酒の楽しさはよく知っているし、適度に飲んでリラックスした時の穏やかな気持ちは、とても素晴らしいものだ。素晴らしいのだが、それでも今の私は、お酒ではなく、健康な人であれば普通に得られるであろう安定した体の状態に酔いしれている。健康に酔っている。

今の私には一日が以前の倍ほどの長さに感じられている。特に夜が長く、読書をする時間が確保されたのはうれしいことだ。家の中が片付き、物が少なくなった。洗濯物が溜まらなくなった。庭の雑草が伸びなくなった。思考を重ねる時間も増えた。ほとんど下らないことだが、少しは真面目なことも考えるようになった。以前よりも原稿を書けるようになってきている。それと同時に、インターネットからは少し距離を置きはじめているのだろうとも思う。より目の前の、より身近な世界に集中しはじめたのかもしれない。自分としては、とても大きな変化だ。これから先、どうなるのかなんて一切わからないけれど、それでも、自分の生き方が徐々に変わっていくのは愉快で楽しいことだ。そして何より、子どもとの関わりが増えたことを喜んでいる。自分にもそんな一面があったのかと驚きだ。

今でもお酒の席には参加するし、家に遊びに来た友人にお酒を振る舞うことも当然ある。以前は、飲めないのに飲み会に行くなんて、拷問のようなものだと思っていたけれど、実際に行ってみると、拷問どころか普通に楽しめる。友人と語り合い、笑って、今まで通りの付き合いができる。目の前に、以前であれば飛びついたであろうワインや冷えたビールが出てきても、「あら、美味しそう」とは思っても、手は伸びない。友人たちも、そんな私に無理に勧めたりはしない。楽しく、わいわいしゃべりながら、今まで通りの飲み会は続いている。

なぜだか傷ついてしまう

息子の同級生の母たちにばったり出会うと、「そろそろやな」「また行事が終わったな」と言い合うのが最近のお決まりになっている。長い人では保育園時代からの付き合いであるから、十年を超えて、互いの子どもの成長を見守ってきた。まだ歩くこともままならない乳幼児の頃から知っている子どもたちが、来春には小学校を卒業する。これは、我々母親たちにとって大きな区切りのようなものだ。いや、他の人たちがどれだけそう思っているか定かではないが、なんとなく身構えているのはわかるし、少なくとも私にとっては、とんでもなく大きな区切りなのだ。

確かに、保育園を卒園する時にも、万感の思いはあった。初めての育児に悩み、疲れきっていたあの頃は、保育園の先生のひと言や、子どもの咳やくしゃみや発熱にいちいちビクビクしていたものだった。つまり、あの頃、私たちの誰もが新米の母親であったのだ。保育園の卒園は、そんな新米だった私たちが、育児の基礎編を一応マスターしたという証のようなものだった。小学生になったら登下校は自分たちでするんだって！　ウソみたい！と、今考えたらごく普通のことに大きなありがたみを感じ、期待に胸を膨らませていた。眠ることもできないような辛い育児から解放されるに違いない！という喜びは、とても強かったように思う。卒園証書をもらったのは、ある意味私たちだったのだ。

　しかし、小学校卒業が間近に迫る今、私の胸に去来するのは、そんな喜びではなく、どこにも持って行きようのない寂しさだ。息子たちは、子どもから大人になろうとしている。十二年間、片時も私の側を離れず暮らしてきた二人が、少しずつ私から離れはじめるその時が来たのは間違いない。私にはそれがどうしようもなく寂しい。心がちぎれてしまいそうだ。喜ばしいことが、常に心を躍らせるとは限らない。特に子どもの成長は、喜びと寂しさが複雑に絡んで、いてもたってもいられなくなる。こんな気持ちを抱えていたら、おかしな母親だと思われるだろうか。

　広島への修学旅行に息子たちが行ったのは、先日のことだ。出発前日、スーパーで旅行に必要な雑貨を買い揃えながら、様々なできごとを思い出した。大人用の下着をカゴに入れながら、「未熟児だったのに！」と驚かずにはいられなかった。ＮＩＣＵ（新生児集中治療室）に入院していたあの小さな赤ちゃんが、もうこんなに大きくなったのかと、十二年という月日の流れの速さに呆然とするしかなかった。二十五〜二十七センチの靴下をカゴに入れながら次男の巨大な足を思い出し、笑いがこみ上げてくる。赤色が好きだった長男は、六年生になって青や緑が好きになった。長男が喜ぶだろうと緑のタオルやハンカチを選び、そういえばあの子、オカッパ頭がよく似合うかわいらしい子だったなあと微笑ましかった。今は男の子らしい髪型になったけれど、優しい顔立ちはそのままで、年齢より少しだけ幼い。そんな幼さを思い出したら心がふわっと温かくなった。直後、しんみりと悲しくなる。ああ、時は流れてゆく。私と二人の息子たちとの思い出も、いつかは薄れ、過去の記憶として消えて行くに違いない……。

なぜだか傷ついてしまう。決して短いとは言えない期間、育児に奔走したではないか。泣くことしかできない、ただ寝ているだけの赤ちゃんを、あやし、食べさせ、大きくしたのはこの私ではなかったか。やっと成長してくれたと一息ついて、これから成長した子どもと人間同士の対話を楽しめるのではと思った瞬間、「巣立ちでーす！お世話になりましたー！」と言われているような気がするのだ。おいおいツバメか？随分あっさりだな！と、文句が出そうになっている自分が怖い。これはなにやらおかしな気分である。まさか嫉妬？　いや、誰に？　ままま、まさか、私の中に小さな姑が爆誕か⁉　最も恐れていたことが起きてしまったような気がするではないか。自分の中に芽生えはじめた忌まわしい感情の新芽をせっせと摘みまくる。子どもの人生は彼ら自身のものに相違ない。

さて、修学旅行である。広島までの一泊旅行を二人は大いに楽しんだようだった。駅まで迎えに行くと、改札から出てきた長男は、はにかみながら私のところに走りより、私の両手を握った。「おかえり。楽しかった？」と聞くと、「うん、すごく楽しかったよ」と小さな声で答えて、再びクラスメイトのいる場所まで走って戻っていった。すっかり声変わりし、私の身長をいつの間にか追い越した次男は、私を見つけると恥ずかしそうに「オッス」と（野太い声で）言い、買ってきたお土産が入ったビニール袋を私の方に高く掲げて見せた。

家に戻った二人は口々に「やっぱり家が最高！」と帰宅を喜んだ。私はといえば、子どもたちが思う存分旅行を楽しんだ姿を見て、それだけで十分だった。子どもたちから私へのお土産は、キーホルダー。小さいものでいいという私のリクエストをちゃんと覚えていたのだろう。二人からのお土産を見つめながら、私の十二年間はきっと報われたのだと考えた。

道はつづく

仕事や家事に追われてうっかりしていたが、暦はいつの間にか師走である。今年は正月明けから入院するというハードモードであったため、一年がまさに飛ぶように過ぎてしまった。呆然としながら一年を振り返ってみるものの、細部の記憶がすでに曖昧であることに驚く。我ながらたいした楽天家だなと思う。自分にとっては大事件の連続に違いなかったはずなのに、一年も経たないうちにその記憶が薄れていくなんて、私の頭は自分に都合よくできているらしい。そう思えるだけ、術後の経過がよいということなのかもしれない。

しかしながら、今年は遠い過去の記憶が鮮明に蘇る一年でもあったと思う。最近の記憶は次々と曖昧になっていくにもかかわらず、色褪せたはずの数十年前の記憶は、断片的であれ鮮やかに立ち上がる。病人にだけ特別に与えられた、寝ているだけでいいという贅沢な時間が、私にそれをする心の余裕を与えたのだと思う。過去の記憶を何度も咀嚼することで、どうしようもない寂しさと、大きな喪失感がもたらされてしまったことも事実なのだが、同時に希望を見いだすこともできた。ちょっとしたおまけのようなものだ。

遠い過去の記憶を紐解けば、否が応でも向かい合わねばならないのが両親のこと。父も母もすでに他界している私にとっては、再び入院した自分の姿を見せずに済んだことはよかったとは思う。ただ、私の身に起きた大きな変化を、現代の高度医療がもたらしてくれた素晴らしい変化を知らせたら、両親はどれだけ驚くか、見てみたいという気持ちもある。とても喜ぶのではないだろうか。厳格であった父も、そうか、よかったな、本当によかったと、涙のひとつでも流してくれるのではないか。私の病気に対して常に罪悪感を抱いていた母も、大いに感激するのではないか。しかしそれは叶わない。ここにはもういないという事実は、どうしたって揺るがない。しかしその大きな喪失感も、病気と一緒にどこかに消えたと勝手に考えている（都合よく）。

過去の記憶を引っ張り出す作業は、地平線まで続く道を、小高い丘の上から眺めるような作業だ。今となっては自由に呼吸ができるようになったこの体が、何十年もの間、ヘトヘトになりながら、方向を見失いながらも進んできた道のりは、曲がりくねって、でこぼこで、とてもじゃないが良い道とは言えない。でも、それでもここまで続いていることを褒めてあげようという気持ちになる。そして、延々と続いてきた道を眺めながら、この先もこの道が続くといいなと、ちょっと控え目に考えるのだ（成長したね！）。もしかしたら再び道は曲がるかもしれないし、工事が必要にもなるかもしれない。でも、またそれも人生。こう思えることこそ、希望なのだ。

今の私には、同じ病気で不安を抱えている人の気持ちがわかる。呼吸の苦しさを訴えている人の辛さがわかる。術後の不調につきあいながら、子育てをしている人の気持ちがわかる。手術が不安で、メールを送ってきてくれる人の気持ちがわかる。そんな人たちに、直接ではないにしろ、今の私の状況を伝えることができてよかったと心から思っている。そして、私に言葉をかけ続けてくれる、同じ病気を経験した人たちの優しさが身にしみる。

経験しなければわからなかったことが、わかるようになること。これは人生を豊かにしてくれるに違いないと思う。たとえそれが辛い体験であったとしても、きっとそうだ。この年になって成長もなにもあったものではないが、私にとってこの一年は、大いに実りある一年だったと思わずにはいられない。

4章　2019年

いい親になりたい

二月上旬のとある金曜日、わが家はインフルエンザA型で一家半滅状態だった。めったに体調を崩さない夫からメールが届き、具合が悪いので会社を早退するとあった。「悪いんだけど、病院に寄ってから帰ってきてくれる？」と返事をした。全国的に、インフルエンザが猛威を振るっていたからだ。夫は近所のクリニックで診察を受けて帰ってきた。

「インフルエンザA型だって」。そのひと言を最後に夫は寝込んだ。

次は長男だった。下校後、「なんだかオレ、だるい……」と小さな声で言う。全てを悟った私は、長男を駅前のクリニックに連れて行き、事情を話してすぐさま検査をしてもらった。結果は「インフルエンザA型」。その場で薬を飲ませてもらい、残りの薬をもらって家に戻った。

さて、次男である。体力、気力、その他ありとあらゆる、私にとっては多少の重荷となるパワーを持ち合わせている次男は、けろっとしていた。「オレはインフルエンザにやられるようなヤワじゃねえ！」と言い、いつも通りゲーム機に向かって「オッシャー」、「ハイ、オッケーです！」などなど、本当にどうでもいいことを言い、元気いっぱいだった。

私は、すでに随分前から警戒を怠ってはいなかった。なにせ、「インフルエンザワクチンは打っておいた方がいいでしょう」と主治医から何度も言われて早い段階で接種していたし、手洗いも欠かしてはいなかった。そんなこともあって、罹ったとしても軽く済むだろうと半ば安心していた。

琵琶湖周辺は雪が続いていた。雪だけではない。年末からの冷たい長雨、鉛色の空。病気じゃなくても気が滅入るような日々だ。こんな天気だし、ちょうどいいタイミングで翌日から週末だし、療養しつつ、ゆっくり映画を観るのもいいだろうと考え、食材やその他諸々、家にこもるために必要な全てを早速買い出しに行き、揃えた。これで完璧なはずだった。しかし……。

翌日の土曜になって、元気な次男が退屈しはじめたのだ。友達と遊ぶのは（万が一の感染を防ぐため）ＮＧ、極力家にいなさいと言いつけられた次男は、反抗期も手伝って不機嫌になった。少し遠い場所にある店に行きたいから連れて行って欲しいとせがみ、ダメだと返すと、口答えをする。イライラしているのがこちらにも伝わってくるから、私もついイライラとする。ダメだと言うのに何度も頼まれたことと、あまりの寒さに外出したくないという気持ちが一緒くたになって、ついに私が爆発した。

「そんなに行きたかったら、自分で勝手に行きなよ！」と怒ったのだ。

次男はショックを受けたようだった。携帯と財布が入ったバッグを掴んで外に飛び出して行った。ああ、やってしまったと思っても、時すでに遅し。窓から外を確認すると、手足をめちゃくちゃに動かして田んぼのあぜ道をダッシュする次男の後ろ姿が遠くに見えた。

しばらく待ってからメールを打ってみた。

「いまどこ？　困ったことがあったら電話して」

少し待つと次男から返信があった。

「うん。いま、電車」

なんと電車に乗っている！　ひとりで目的地まで行くつもりだ。もう一通メールを打った。

「迎えに行こうか？　それとも、お店の近くのスーパーで待ち合わせする？」

「なんで？　スーパー、行きたいの？」

「買い物がある。終わったら来て。待ってるから」

「オッケー（^_^）」

急いでコートを着て、車に飛び乗った。夫は「甘いねぇ」と言っていた。最初から車で送ってやればよかったと後悔ばかりだった。たったひとりで駅のホームに立ち、電車に乗ったであろう息子の姿を想像して、胸が潰れそうだった。

次男がいるはずの店を通り過ぎ、スーパーへの道をまっすぐ車を走らせていた時だ。見覚えのある後ろ姿が右手に見えてきた。スーパーに続く歩道を一生懸命走っている少年がいる。次男だ。真冬だというのにコートも着ておらず、パーカーのチャックすら閉めていない。車はあっという間に次男を追い抜いたが、パーカーの下に着ている薄手のタートルネックのシャツが、裏表で前後ろなのは、バックミラーで見てもすぐにわかった。涙が出てきた。

スーパーの駐車場に入ったあたりで次男から着信した。

「いまどこ？」

「ついたよ。今から車を降りるから」

「エレベーター？　エスカレーター？」

「エスカレーターで行く」

エスカレーターで約束した階に辿りつくと、次男はすでに到着していた。目ざとく私を見つけ、駆け寄ってきた。三ヶ月前に切ったままの髪はボサボサに乱れ、パーカーは半分脱げ、ずり下がったジーンズからトランクスが見えており、靴紐は解けて長く伸びていた。次男は両頬を真っ赤にしながら、「オレ、間に合わないかと思った〜！」と言って笑った。その後、フードコートで食べたくもないラーメンを食べ、次男と一緒に買い物をしたけれど、涙が出てきて仕方がなくて、何を買ったのかよく覚えていない。

学ばない私は、すぐに感情的になり、子どもに怒りをぶつけ、そして罪悪感に苦しむ日々を繰り返している。どうすればいい親になれるのか、皆目見当がつかない。でも、私の心のなかにひとつだけ、何があろうと気持ちを立て直すための、決して消えることのない情景が生まれたような気がする。

バックミラーに映った、一心不乱に走る次男の姿だ。

サクラサク

小学校の卒業式が間近に迫り、慌ただしい日々を送っている。日常生活の大きな変化に、子どもの人生の潮目に、またもや心がついていかない。様々な準備作業に対応する体力はあっても、式典嫌い（そんなものがあるのか）の私にとって、卒業式も入学式も、気持ちが沈んで仕方がない。ついでに着る服もない。喜ばしいことなのにと叱られてしまいそうだが、それでもやっぱり逃げ出したい。なんというややこしい人間なのだろうと自分でも嫌になってくるが、大丈夫、わかっている。息子たちが中学生になるという事実から逃げてばかりはいられない。心を入れ替えねばならない。こんな気持ちを抱くきっかけとなったのは、知人の子どもたちの受験である。ついこの間まで息子と同じ小学校に通っていたはずの年長の子どもたちが、気づいたら高校受験に全力投球していたのだ。

友人たちと雑談中に、「実はうちの子、来年受験で」という言葉を聞くようになったのは、昨年の夏頃だったか。「えっ！　もう受験!?」と、その都度驚くのだが、言われてみればそんな時期である。でも、この前中学生になったところじゃん！と、時の流れの速さに驚かずにはいられない。「あっという間だよ……」と寂しそうに言う友を見ながら、あれから三年かと、自分の年齢を思いだし納得する私。来たる決戦の日を憂う友と、過ぎていった日々の無情さに唖然とする私とでポイントは若干ズレつつ、私たち母親の心情は、この時期、とても複雑だ。

「大変だね」と、思わず口に出る。ため息交じりにそう言いながら、私にもその時はやってくると内心穏やかではない。「入学したら受験まで一瞬だよ」と、ニヤリと笑いながら忠告する母たちに、そりゃあそうでしょうね、思春期を迎えた子どもとの三年なんて、本当にあっという間でしょうよと答えて、アイスコーヒーに浮かんだ氷をじっと見つめ、ストローで勢いよくかき回して不安をごまかしたりする。

「受験」。なんと怖ろしい言葉だろう。息子とこれからどれほど衝突しなければならないのだろうと不安になる。これからどれだけ言葉を尽くして、子どもを鼓舞せねばならないのか。テスト前なのにゲームばかりの息子の姿が今から想像できすぎて辛い。「テスト勉強してる？」「うるせえ！」というバトルが果たしてわが家でも起きるのか？　……。想像しただけで疲れてくる。体力勝負だった育児は卒業と喜んだのもつかの間、今度は受験生との消耗戦が待ち構えているようである。一刻も早く菩薩の穏やかさ、寛大さを会得せねばならない。本当に人生は試練ばかりだ。

一ヶ月ほど前のこと、とあるお母さんから深刻なトーンのメールが届いた。「村井さん、どうしてもお願いがあるのです」という文面に度肝を抜かれた。マズイ、何かやっちまったようだと焦って「どどど、どうしました？　うちの息子が何か悪さでも？　それとも私……？」と返信すると、「いえいえ、違うんです！　ちょっと助けて欲しいことがあるので、あとで伺います」とすぐに返事が来た。

仕事を終え、わが家にやってきてくれた彼女の話を聞くと、娘さんが大学受験で英語を猛勉強中だということ。もし時間があったら見てやってくれないかという相談だった。もちろん、私でよかったらと二つ返事で受けたが、相手は大学受験生だ。そう簡単なわけがないではないか。県内屈指の進学校に通う娘さんから届けられた参考書のコピーを確認すると、なるほど、やはり難解な問題ばかりで、これは頑張らねばならないとなぜか私にスイッチが入った。この日から、私と娘さんの間でメールのやりとりが一ヶ月ほど続いた。参考書の記述で疑問に思った点を彼女が私に投げかけ、そして私がそれに回答するというスタイルだった。

　昨日、娘さんが一人でわが家を訪ねてきた。ピンク色の傘を差して、カラフルなシャツを着た姿がインタフォンのモニタに映っていた。その明るい表情で合格を確信した。急いで玄関まで走って行ってドアを開けると、お土産を持った彼女が、「受かりました！」と、にこにこ笑って大きな声で言った。受験前はひとつにまとめていた髪を下ろして、表情がすっかり大人びていた。「物件も決めてきました！」とうれしそうに言う彼女に、努力が実って本当によかったねと声をかけるので精一杯だ。あと一ヶ月ほどでこの子は一人暮らしをはじめるのだ、とうとう独り立ちするのだと思うと、涙の防波堤は瞬く間に決壊の危機であった。

　希望を抱いた十八歳が、うれしそうに笑う姿は眩しいものだ。このすばらしい新大学一年生に幸多かれと願うばかりだ。そして、ここまで立派に彼女を育てたご両親に、心からお疲れさまでしたと伝えたい。わが家の息子たちも、瞬く間に成長し、受験を経験し、そして巣立っていくのだろう。人様の子でもこんなに心が揺れるのだから、息子の時は一体どうなるというのか。願わくは、大騒ぎせずに済ませたい。今はただ、男児二人をこれからも育てていくオラに力をわけてくれ！と祈るばかりだ。

君に桜を見せたい

小さな写真だけが頼りの、ほとんど何も知らない少年との細々とした手紙のやりとりが続いて一年が経った。きっかけは、生活習慣を改め、酒をやめたことだった。それまで長年にわたって費やしてきた酒代がまるごと浮いたので、それで何か新しいことでもやろうと思いつき、紆余曲折あり、最終的にルワンダの少年と文通することになったのだ。人生何がどう転ぶかわからないとは、まさにこのことだ。

白くて厚めの紙に鉛筆で書かれた、丸い文字。その横に、イラストが数点描かれている。お元気ですか、お手紙ありがとうございますというシンプルな文面が多い。イラストは竹のカゴとか、枝三本とか、コップとか花とか、こちらもシンプルだ。でも、いつも色鉛筆で丁寧に色を塗ってある。その薄い色合いを見ていると、机に向かう少年の姿が見えるようである。

一方私は、日本の学校のことや日本での生活について短く手紙に書き、日本の風景写真や年齢が近い息子たちや犬の写真を同封して、送っている（手紙は短く書くよう心がけている。書き始めると何かと長くなりがちだから）。ただそれだけのことなのだが、自分で予想していた以上に、心躍らせながら返事を出していると思う。あまりに頻繁に返事を出しすぎて、怖がられないかと不安になるほど前のめりである。なぜだろう。自分でもよくわからない。行ったこともない遠い国に住む少年が、毎日学校にちゃんと行っているかどうか、母と二人暮らしという家庭で、どのように日々過ごしているか、ぼんやり考えたりする始末だ。

　去年の年末に届いた手紙では、クリスマスに教会の礼拝に行くのをとても楽しみにしているとあり、いつもより少し長めに返事を書いてくれていた。クリスマスの一番の楽しみが教会での礼拝と書いた少年の思いに心を打たれ、「素敵なクリスマスになるといいですね。あなたが好きかどうかはわからないけれど、カードを送ります。開くと音楽が流れますよ」と手紙に書いて、音が鳴るカードと小さなプレゼントを選んで同封した。

　一ヶ月ほど経過して、見覚えのある封筒が届いた。大慌てで開き、ポストの前で立ったまま読んで、もう一度最初から読み返した。足元に犬がじゃれついてくるのも無視して、何度か文字を追った。もちろん少年からの手紙で、便せん二枚を使って書いてくれていた。クリスマスカードとプレゼントはちゃんと届いたらしい。とても気に入ってくれたようだ。そして、「僕も母も元気です。毎日楽しく学校に通っています。またお手紙を下さい」と書いてあった。

あの遠い国まで私の手紙はちゃんと届いている。少年は、日本という国から届く封筒を少しは喜んで開いてくれているだろうか。私が送った小さなプレゼントを見て、少年は何を感じたのだろう。クリスマス礼拝は素敵だった？ クリスマスディナーはどんなメニュー？ 詳しくは書かれていなかったけれど、いつもより長い文面からは、クリスマスを迎える喜びと、そして私への親しみのようなものがわずかに感じられた。少年からの手紙を握りしめながら、仕事場のデスクの引き出しから便せんを取り出し、数行書いて、とりあえず春までは待とうと思いとどまった。桜の写真を同封したかったからだ。

結局私は、少年だけではなく、彼の母にも心を寄せているのかもしれないと気づいた。私が少年から届いた手紙を開封する瞬間の、あのささやかな喜びを、少年の母も私の手紙に感じてくれていればと願うのだ。私が少年の成長を見て喜び、安堵するように、私の手紙が、遠い日本という国に住む二人の少年の成長を垣間見る瞬間を、少年の母に届けることができていたらうれしい。私の書棚に少年と母の住む国に関する書籍が何冊も増えたように、私が住む国のことも、二人に少しでも伝わってほしい。

　彼が青年になったとき、そういえば昔、日本から手紙や写真を送ってくれた人がいたっけなあと思い出してくれるぐらいでちょうどいい。私も、そういえばあの少年は、今頃何歳になっただろう、そろそろ大学に行く頃かなあなんて、そう思う日が来るのだろう。

人生も翻訳のように

本来であれば四月の末に仕上がっているはずだった訳書の仕上がりが遅れてしまい、ようやく入稿することができたのが七月の初めごろだった。最後は必死の作業でなりふり構わず仕事をし続け、キッチンに洗い物が積み重ねられ、洗濯機前のカゴはまさに山のような洗濯物で溢れていた。連載原稿はじわじわと遅れ、犬は退屈して吠えまくりと、周囲を巻き込んでの大騒ぎが終了してふと気づくと、息子たちの夏休みがすっかりスタートしていたという次第である。今年は本当にめちゃくちゃだ。

入稿を済ませて、慌てて息子たちの生活に自分の生活を合わせてみたものの、すでに期末テストは終了し、成績表が配られる手前という状況だった。学期末懇談会が開催され、ヨレヨレで学校に向かった。成績表が配られる前に、よそのお母さんたちがどれだけ期末テストにガッツを入れていたのかを聞き、そのまま目の前の机に頭を打ち付けたい衝動と戦うので必死だった。なにかひと言どうぞと先生に促されたが、自分が何を言ったか記憶がない。先生にお礼を言うでもなく、そのままふらふらと教室を出て、家に戻ってきた。どうすればよかったのだ。そうか、私は息子の期末テストの手伝いさえもやらなかったのか。しかし、どこまで手伝ってやればよかったのか。私にはその答えがわからないのだ。ええい、一体なにをやっていたのだと自分に問いただしたい気持ちもあるけれど、結局のところ、仕事に没頭してしまったとしか言いようがない。なんだかもう、取りかえしがつかないではないか。

　翻訳作業をしているときは必ずそうなのだが、他になにも手に付かなくなってしまうのが私の悪いところだ。本の最初から真ん中ぐらいまでの作業が本当に大変で、どんなに楽しく、興味深い本であっても、とにかく一行一行が苦しくてたまらない。集中力が散漫になり、同じ行を読み続けるなんてことが起きるのも、この前半の作業だ。私の場合、間違いが多いのも、当然前半だ。とにかく遅々として進まず、気が重く、一人で作業をし続けることの限界を感じるのがこの時期で、周りの状況まで読めなくなる。

しかし、半分を過ぎたあたりから徐々に進みが速くなってくる。集中する時間が長くなってくるのだ。作業を中断しなければならないことに苛立ちを感じはじめるのがこのあたりで、被害を受けるのは、たぶん子どもたちだ。前半の作業で感じていた疲れや眠気が一切でなくなり、むしろ何時間でも訳し続けられるようになってくると、一気に仕上げに向かって突っ走ることができる。最もスピードが上がるのが七割程度訳し終えたあたりで、あとはゴールの喜びだけを楽しみに、進み続ける。このあたりでは、苦しさはほとんど感じない。そして、余計に周りが見えなくなってくる。

翻訳作業で、楽しいと言えるかもしれないのは最後の一割ぐらいではないだろうか（当然、私の個人的感想）。しかし、やっと終わったと噛みしめ、達成感に浸ることができるのもほんのしばらくの間だけだ。著者と心のなかでがっちり握手を交わし、素晴らしい作品をありがとうございました……と、ひとりパソコンの前でニヤニヤして、終了の儀式はあっという間に終わる。そして、今度はおもむろに本の最初に戻る。前半のツケの回収だ。エンジンがかからず、両目をこすりつつ、何度も同じ行を読んでいた自分の小さなミスを、ひとつひとつ拾っていく。そして気づけば、やっぱり仕事以外のことがすべておろそかになっているのだ。

実際の人生も、過去に戻って、自分がやってしまった小さな、そして大きなミスを、丁寧に回収できたらどれだけいいかと思う。そしてもう一度、ひとつひとつやり直して、よし、これで大丈夫だと安心できればどれだけいいだろう。人生も翻訳原稿のように、何度も何度も丁寧に見直していけばそれだけ、よりよいものになればいいのにと思わずにはいられない。二人の息子の成長を見ていると、そんな気持ちばかりが募る。人生はバランスだというけれど、正しいバランスってあるのだろうか。

こんなことを考えながら夏休みの計画を立てていたら、文通相手のルワンダの少年ケリーから手紙が届いた。先日送った手紙とバースデーカードのお礼だった。今回も便せん一枚に、学校や家族の様子を書いてくれていた。ルワンダは、つい先日まで雨期だったそうだ。なぜか彼への返事はとても早い私であるので、慌てて便せんを出して返事を書いた。

ルワンダにも雨期があるそうですね。実はいま、日本も雨期です。毎日雨が降っていますし、とても蒸し暑いですよ。ルワンダにも日本にも雨期があるのがわかって少し驚きました。でも、空が繋がっているのだなと思うと、うれしくなりました。勉強、がんばってくださいね。

返事はすぐに書いたが、いろいろと考えて、一旦引き出しの中にしまい込んだ。夏の終わり頃に返信するつもりだ。

面倒くさい女

たぶん他人からすれば些細なできごとに対して過剰に気に病むようになってしまった私は、そんな些細なできごとで誰かを傷つけることがないように、常に必要のない配慮をするようになり、その過剰な配慮が原因で、ぎくしゃくする場面が増えたように思う。いわゆる、空回りだ。

この傾向はここ数年ではじまったというわけではなく、私が子どものときからそうで、ここ一年ぐらいで加速した。昔からどうでもいい些細なことで悩んできたが、ここ数ヶ月は本当にひどい。これを誰かに言うと「更年期」という言葉が十中八九返って来る。それは確かにそうなのかもしれない。

先日も、やっぱりそれは更年期では?と、知人にやんわりと指摘された。「小さなことでくよくよ悩むのって、四十代後半に多いみたいですよ？　ほら、更年期とかっていうじゃないですか」。そう言われて私は「たぶんそうですね」と間髪入れずに返し、実のところ、やっぱりわかってもらえなかったとひどく落胆した。しかし、過剰な配慮がここでも働き「まさに更年期で、たぶん間違いないでしょう。それが原因で精神状態が不安定になっているのだと思います。ありがとうございました」とまで、口から出てしまう。そして「なにもそこまで卑屈にならなくても」と気に病む。踏みにじられたような、情けない気分になる。一体どうすれば心に平安は訪れるのか。

最近では、これは私の性格だから致し方ないことだと諦める傾向にある。仕事をしている場面でこれが発揮されないように、細心の注意を払うしかない。この傾向が原因で、日常生活を送ることができないわけではない。それが唯一の救いだ。大きな誤解を与えることも、誤解されてしまうことも、今のところはない。いままで生きてきた長い年月で、そういった問題を回避する術は習得済みだ。だから結局のところ、私の心の中にだけ、小さな波が立っている状態なのだ。でも、その小さな波が立つ場面が最近多く、慌ただしく、つらい。

例えば先日、こんなことがあった。行きつけのスーパーのレジの列に並んでいたときのことだ。ふと気がつくと、とある女性の立つレジの列が極端に短いことに気づいた。よくよく見ると、彼女の胸元には「研修中」の札があり、そしてしばらく観察すると、その手元がおぼつかないのである。ああ、新人さんなのねと思った。急いでいるお客さんがその列を避けたのだ。

私は一瞬考え、そして迷うことなく彼女のレジに向かった。自分の列だけ短いと感じた彼女が、それを気に病んだらかわいそうな話だと思ったからだ。数人しか並んでいなかったから、すぐに順番は回ってきた。にこやかに私のカゴを引き取った彼女は、さっそく会計の作業に入ってくれた。私はバッグからさっとｉＰｈｏｎｅを取り出した。レジではいつもそうするのだ。レジで会計を待つあいだ、ぼんやりしているとレジ係の人の手元を見てしまうということはないだろうか。以前、レジのアルバイトをしていた友人が「お客さんにじっと見られるとプレッシャーなんだよね」と言ったことがあり、それを聞いてからというもの、私は決してレジ係の人の手元をじっと見ないようにしているのだ。さっと取り出したｉＰｈｏｎｅでＳＮＳをチェックしていれば、会計なんてあっという間に終わる。それが、自分のなかで納得できる、後々気に病むことのないレジでの作法なのである。

この日も、そろそろ終わるころでは……とｉＰｈｏｎｅから視線をそれとなく（ここ重要）外してレジ係の女性をちらりと見ると、なんと彼女はアイスクリームを丁寧にビニール袋に詰めてくれていた。それも、フレーバーごとに分けている！　えっ！　フレーバーで分ける!?と、普段必要のない配慮をしまくっている自分が、新人である彼女の配慮に心のなかで若干イラついたのである。それに気づいた私は、慌ててｉＰｈｏｎｅに視線を戻し、何ごともなかったかのようにふるまった。実際、何ごともなかったのだ。私以外の人にとっては、究極にどうでもいい場面に違いないのだ。

　ようやくすべての会計作業が終わったときのことだ。彼女の仕事を増やすことがないよう、電子マネーで華麗に決済したつもりの私にレシートを手渡しながら、彼女は「作業が遅くて申し訳ありませんでした」と言った。私はその彼女の言葉にさまざまな意味で動揺した。「そんなこと言わなくていいのですよ！」が一つ。「作業が遅いなんてことありませんよ！」がもう一つ。そして、「遅くたっていいんですよ、だってあなたは新人さんなのですから！」が、最後の一つだ。そして、彼女に気の利いた言葉をかけなくてはと焦った私は「こちらこそすいませんでした!!」と、大声で言ったのだった。彼女はビクッとしていた。

帰りの車中で、気持ちが空回りして意味不明な行動をとってしまう自分に対してひどく嫌な気分になった。あのときの「こちらこそすいませんでした!!」のマヌケさに震える思いだ。それを大声で言われた彼女の「?・」という顔を思い出すたびに、喉の奥から小さな悲鳴が出そうになる。

いつかこのトンネルを抜け出したいと思う。いつか、心のさざ波が消え、静かな水面になると信じたい。こう書きながら、どこまで大げさなんだと自分に腹が立つと同時に、脳裏に「面倒くさい女」というテロップが流れはじめる。このテロップをなんとかして止めようともがく、二〇一九年夏の私である。

翻訳家は長距離ランナー

長くてハードな翻訳作業が続いている。指折り数えつつ考えてみたら、半年以上、切れ目なく作業を続けているようだ。自由業（になるのか？）には週末もへったくれもないから、とにかく、長距離走が延々と続いているような状態だ。鉄人レースか？　地球一周しちゃうんじゃないの？　とにかく、体力を使う作業だ。丸一日、翻訳から完全に離れる心の余裕も度胸もないから、結局、ほぼ毎日、わずかな時間であっても本に向き合うという生活は続く。私みたいに根気のない人間が延々と作業を続けられる理由は、モニタの向こうから睨んでいるに違いない担当編集者が怖いこともそうだが、私自身が一読者として本にのめり込んでしまっているからでもある。

特に、今年の春先から訳していた『黄金州の殺人鬼　凶悪犯を追いつめた執念の捜査録』の作業は、体力的にも精神的にも、相当厳しかった。いわゆる鈍器本（分厚く、重い）と呼ばれるたっぷりとしたボリュームのノンフィクションであると同時に、私が今まで読んだ本のなかで間違いなく、トップ3に入るほどの恐ろしさだったのだ。その恐ろしさたるや、本を閉じてモニタの前から逃げ出したことは、数回どころの騒ぎではない。しかし、著者の執念が私を、必ず本の前に引き戻した。作業を長らく中断する勇気が出なかった。この先を確認せねば、謎を解き明かさねば、私は今夜眠れない！というギリギリの精神状態が、本も終盤にさしかかると続くようになった。きっと著者も同じような思いで、夜な夜な資料を読みふけっていたのだろう。

文字をひとつも落とすことなく翻訳していこうとすると、どうしたって本のすべてを読むことになる。そんなの当然ではないかと思われるだろうが、私たちは、読者として、ほぼ無意識に、苦手な一文や怖すぎる段落なんてものを、ひょいと読み飛ばしているものなのだ。しかし本を訳す場合、読み飛ばして難を逃れることができない。むしろ隅々まですべて読んで置き換え作業をしなければならない。日本語に置き換えていく過程で、詳細は、生々しく、においや熱まで伴ってこちらに迫ってくる。モニタに映る文字の向こうに、髪をかきむしりながらラップトップに向かう著者の姿や、逃げ惑う被害者の恐怖に歪んだ顔が見えるような錯覚に陥る。車のエンジン音、排気ガスのにおい、犯人の吐く白い息。すべてが鮮明に浮かんでくるのだ。

私は完全にパラノイアになった。玄関の施錠を何度確認したかわからない。サッシの窓についた指紋に悲鳴が出そうになったこともある。著者が「いつも喉の奥に悲鳴が張りついている」と記した場面では、遠くから、細く、途切れ途切れに聞こえてきていた「……ヒィィィ……」という小さな声が、私の耳元でつんざくような「キャアアアアア！！！」という悲鳴に変わったような気がした。慌てて、インタフォンのカメラで外の様子をうかがう。寝る前は家中の窓を確認する。それでも不安が払拭できず、作業の合間に防犯グッズを調べ尽くしていたら、本が終わる頃にはすっかり防犯システムに詳しい人間になってしまった。

そんなこんなで、翻訳作業とは、特殊な読書体験でもあるのだと思う。本好きな私としては、なんともありがたいことだなと考えつつも、思わず「しんどいわ」と口から出そうである。それでも、一冊が終わって数日経てば、次の一冊のページをめくるのだから、私も相当な変態だなと薄々気づきはじめた。

ここ数ヶ月は、とある女性の人生の物語を必死に訳す日々だ。過酷な記述にダメージを受けつつ、一人の女性としての私が全身で著者に共感している。学びの大切さを再認識している。結局のところ私は、辛い、厳しい、眠い、腹が減ったとわめきつつ、様々な人生、様々な思いを、本を通して日々追体験しているのだろうと思う。もう無理、来年には辞めますと言いつつ、もしかしたら少しは楽しめるようになってきたのかもしれない。それでもやっぱり、来年は少しスローダウンしたい。南の島で、カクテルを飲みながらゆっくりしたい。本はなしでお願いします。

子育ては自分の子ども時代を巡る旅

「朝からうるさいなあ！」と言われてドキッとした。体が大きく威勢のいい次男に面と向かって「うるさい」と言われたことにドキッとしたわけじゃない。自分が同じぐらいの年齢の学生だったとき、朝っぱらから小言を言う母親に叫んだ「うるせー！！！」を、突然、はっきりと思い出したのだ。

息子に「うるさい」と言われ、自分が子どもの頃に一気にタイムスリップした私は、お茶を入れていた水筒を放りだした。「あっそ。じゃあ、勝手にしなよ」と言い、すべてを放棄した。朝の忙しい時間帯に、確かに口うるさかったのだろう。自覚はしている。ただ、言わなければならないことがどうしてもあったのだ。

次男は呆然としていた。なにせ、学ランも水筒も財布もケータイも、毎朝行方不明になっているような子だ。「どれを着たらええのん……？」と、テーブルの上の下着やTシャツやワイシャツを前に、困惑の表情だった。私が何も言わずにいると、次男は仕方なさそうに、不安げに身支度をしはじめた。次男に腹を立てていたわけではない。ただ、何十年も前の記憶を呼び起こし、それで頭がいっぱいになっていた。あのとき、母は私に何を言ったのだろうと。

　私も息子と同じように、整理整頓が苦手な子どもだった。今となっては、きちんと物が並んでいなければ我慢できないようになったが、当時は本当にめちゃくちゃだった。そんな私に母は「そんなにだらしない女の子はお嫁に行けません」と言い続けた。私からすると、「だから？」という思いしかなかったのだが、毎朝繰り返されるお嫁に行けないハラスメントに耐えかねた私は、ある日、腹の底から叫んだのだ。「うるせーーーー！！！」と。

　驚いた父親が飛び起きてきた。それまで一度も反抗らしい反抗もしたことがなかった私が、突然叫んだことに驚いた母は、狼狽《うろた》えて、顔を真っ赤にしながら「勝手にしなさい」と言って、キッチンに消えた。炊飯ジャーの中のごはんを乱暴にかき混ぜていた後ろ姿を覚えている。ジャーから勢いよく湯気が出て、キッチンの壁の黄色いタイルに細かい水滴をつけていた。当時は駅まで徒歩三十分の距離に住んでいて、ほとんど毎朝父に駅まで車で送ってもらっていたのだが、その日は「自分で行きなさい」と言われ、限界まで教科書が詰まった学生カバンを両腕に抱え、泣きながら駅まで歩いた。真冬のことだった。なんとか駅に辿りつき、電車に揺られ、学校の最寄り駅についたときまでに涙は止まっていたけれど、母に対する苛立ちは募らせたままだった。その後どうなったのかは、はっきりとした記憶がない。いつもそうだったように、家に戻れば、母はいつも通りだと言わんばかりにふるまい、私もそれに付き合ったのだと思う。

次男は、学ランもベルトも見つけられないまま、下着とワイシャツと脱げそうになるズボン姿で、石のように重いバックパックと剣道の防具一式を担いで、駅までとぼとぼと歩いて行った。普段であれば、荷物が多い日は私が駅まで車で送るのだが、「うるさい」と言われ、「勝手にしな」と応戦した手前、突然、ニコニコしながら駅まで送ることはできなかった。

外はかなり寒かったというのに、手袋もネックウォーマーも見つけられなかったのだろう、白いワイシャツ姿で、寒そうに、ゆっくりと歩いて駅まで向かう次男の後ろ姿をリビングの窓から眺めつつ、三十年以上前の母の気持ちを想像していた。右肩にかけた防具バッグと、背中に担いだ教科書が詰まったバックパックを支え、やじろべえのようにフラフラと歩く次男の後ろ姿からは、十三歳だというのに哀愁が漂っていたような気がする。襟足のくせ毛が幼くて、切なくなった。でも、やっぱりというかなんというか、竹刀袋は玄関に忘れてあった。

学ランとベルトとネックウォーマーと手袋と竹刀（どれだけ忘れものが多いんだよ）を車に積んで、車で追いかけようかとも思ったのだが、散々迷ってそのまま行かせた。行かせたはいいけれど、その後、何も手につかず、しばらく座り込んで母のことを考えていた。

子育ては自分の子ども時代を巡る旅のようなものだといつも思う。今の自分よりも若かりし頃の父と母に思いを馳せながら、二人もきっと、悩みながら進んでいたに違いないと自分に言い聞かせる。タイムスリップできるのなら、あの頃の、あの家に戻ってみたい。きっと今の私のように、ため息をつきながらキッチンに座っている母がいるのだろう。

5章　2020年

答えが出ないことなんて当たり前だと思っていた

答えが出ないことなんて当たり前だと思ってこれまでずっと生きてきた。むしろ、自分の目の前に答えが用意されていないことこそが、人生の醍醐味だと思っていた。本当の答えなんて存在すらしないのかもしれないし、そうだとしたら、人生なんて風まかせでなんとかなる。そうやって考えて生きていた昔の自分が懐かしい。

私はいま、答えが見いだせないことに悩んでいる。「そんなことで悩んでるんだぁ」と呆れられるようなことで不安を抱え、悩む傾向があるのは自覚している。その最たるものが琵琶湖の水位なのだが（水位が下がると水不足が心配）、暖冬で積雪量ゼロという危機的状況の琵琶湖の現状など吹っ飛ぶ勢いで深く悩みはじめたのは、去年の年末のことだった。息子の三者面談だ。よくよく考えてみれば、親として挑む三者面談は初めての経験だった。

その日行われたのは、次男の担任との面談だった。次男は大変明るく、あっけらかんとした性格の子で、よくしゃべり、よく笑い、そして人を笑わすことに命を懸けている、いわゆる関西の普通の男の子だ。周囲の大人からは「やさしくて、面白くて、いい子ですね」と言って頂くことが多い。私はそれに常に安心してきたし、「それで十分だ」と思ってきた。あの三者面談の日までは。

私が三者面談で驚いたのは、下降気味の成績ではなく、私が見たことがない表情をした次男だった。明るく、率直な担任（男性）の前で、別人のように深刻な表情をした次男は、明らかに私の存在が教室にあることに緊張していた。「えっ」と思った。「こっち？」と思った。「あたし？」と思った。私からすれば、あの教室のなかで強固な関係で繋がっているのは私と次男であり、次男と担任の先生ではなかったはずだ。しかし、あの空間で連帯を強めていたのは次男と担任の先生であり、私はあの空間に迷い込んだ別世界の人だった。当然のことと言えば当然なのだが（学校だし、それが生徒と先生との関係性だし）、ちょっと待ってくれ、何が起きている？と焦った。

「どうした、村井。元気がないな。今の気持ちを言ってみてくれ」と穏やかに言う担任の先生の言葉に、次男はいつもの明るさゼロで、「三学期からがんばります」と言った。えっ、誰この人？　どこの息子さん？程度の衝撃があった。次男、別人である。あらら、この人、いつの間にか大人っぽくなってない？　私、なにか見逃してきてしまった？

三者面談の残りの時間、何を話したのかはよく覚えていない（衝撃で）。次男と二人で駐車場まで歩いて、車に乗って、家に戻って、ゆっくりとコーヒーを飲みながら成績表を見たことは覚えている。白状すると、次男の成績表を、はじめて、しっかりと見たのかもしれない。一学期の成績は確かに見た覚えはあるし、内容の確認もしたが、本当にしっかりと見ていただろうか。恐ろしいことに記憶はあやふやである。定期テストの結果も、確かに確認してはいたが、その後、息子とそれについて話をしただろうか。

放置していたわけではないと信じたい。いや、ガミガミとなにやら言ったことは覚えている。そのときの息子の落ち込んだ様子も覚えている。でも、私は本当にちゃんと、息子の様子を、がんばりを、評価していただろうか。少なくとも、「三学期からがんばります」と言った次男が、心の中で一学期も二学期もベストを尽くせなかったと考え、落ち込んでいたかもしれないことには気づいていなかった。

ここから、私の悩みがはじまったというわけだ。何をしてあげればいいのかわからない。突然何かをはじめれば（例えば、お母さんが話を聞くよ～？とか）、私の心境の変化に異様に敏感な次男に鼻で笑われる。仕事に打ち込むあまり、それを理由に息子たちの心の中を見ることを放棄してきた疑いが濃厚の私が、これから何をすればいいのだろう？

　誰かに話せば、「側にいてあげることで十分ですよ」と言ってくれるだろう。確かにそうだし、私もそう思う。「それが成長ですよ」……確かにね。私も同じことを言いそうだ。でも、それだけでは説明しきれないすれ違いのようなものを私は感じたのだ。ごはんを作って、制服を整え、部活の応援をし、毎朝学校に送り出す。これ以上なにができるのだろう？　もう十分じゃない？　私けっこう、ちゃんと育児してない？　それなのに、この漠然とした不安感は一体なんなのだろう。キャリア十四年だが、母業に関しては完全にビギナーの状態だと自覚した。

　しっかりとした愛情があれば、親子間に言葉はいらないと思っていた。でも、それは私の傲りだったのでは？　恥ずかしがらずに、言葉でしっかりと相手に伝えることは大事なのではないかと考え始めた。嫌がられても、聞いてもらえなくても、あなたのことをちゃんと考えているという意思表示は必要だったのではないか。思春期という言葉で簡単に言い表すことができない親子間の感情のすれ違いというものをはじめて経験して、答えが見つからず、焦る私がいる。

十年前の写真が教えてくれたこと

写真は苦手だ。撮られるのも面倒だけれど、撮るのも面倒だなと感じるときがある（例外：犬の写真、仕事用の記録写真）。

ずいぶん前の話だが、写真をほとんど撮らない私を見た友人が驚いて「写真撮らなくていいの？」と聞いてきたことがある。彼女にとって、日本人＝写真を思い切り撮影する人たちという認識があったようで（彼女はイギリス人だった）、しきりに、「へえ、撮影しないんだ」と驚かれた。なぜ撮影しないのかと聞かれて、「だって面倒くさいから。私の技術では自分の目で見たようには撮れないしね」と答えた。すると彼女は、「なるほど、その気持ちはわからないでもないけれど、あなたも年を取ったら写真が残っていることのありがたみを感じるようになるだろうから、気が向いたら撮るといいよ」と言っていた。ふぅん、そんなものかねえと思った。

息子たちが生まれて、成長の記録として写真を撮るようになった。しかし、双子育児が想像のはるか上をいくタフさで、あまりのつらさに写った息子たちの姿がかわいいとは思えなくなった。これには正直、ショックを受けた。一体自分になにが起きているのだろう、なぜこんなにも写真を見ることがつらいのだろう。自分のなかにある、意味のわからない頑なさが嫌になった。理由を説明できない怒りや焦りの正体がわからないまま、しかし、「残さなければいけない」という謎の使命感もあり、撮影は続いた。そして徐々に息子たちの写真は私のなかで封印されていき、ハードディスクに記録されていくだけの存在になった。今となっては膨大な量になっているが、アンタッチャブルなままだった。

ＳＮＳのページに突然現れた一枚の写真に驚いたのは数日前のことだ（思い出を振り返るという、例のおせっかいな機能によるもの）。次男と長男が肩を組んで笑っている写真だった。日付を見ると、なんと十年前に撮影されたもの。遠くに住む親友一名限定で公開していた。ハハハ……と乾いた笑いが出てきたものの、じっと見ていたら胸が一杯になった。なんて幼いのだろう。今は私よりもはるかに大きくなってしまったというのに、この頃の幼さと言ったら、まったく驚いてしまう。こんな時期を過ぎて成長したのか、こんなに小さかったのか……と考えながら、しばし写真を眺めていた。そして、突然理解した。このとき写真を撮っていた私と、今の私は、まったく同じ状況だということに。十年前の私も、今のように、悩み、迷いながら子育てをしていたではないか。何ごとにも正面から取り組み、どうにかして正しい道を見つけようと模索を続けていたではないか。

アンタッチャブルだった昔の写真を一気に掘り起こし、眺めてみた。ほとんど初めて、そこに写っていた幼い息子たちが、とてもかわいいと思えた。こんなにも長い間、私は彼らと暮らしてきたのかと、今更ながら驚いてしまう。そして、写真を見れば見るほどわかってきた。子育ては決して、つらいことばかりではなかったではないかと。楽しいことも、うれしいことも、つらいことと同じぐらいあったはずだ。それが見えなくなっていたのは、きっと必死だったから。それだけのことなのだ。ああ、あの頃の私よ、ご苦労さま！と、心から思った。

私と対等に会話し、怒り、自分の主張をぶつけてくる今の彼らが、私はとても好きだ。何を聞いても「フッー」としか返ってこないし、ちゃんと作った夕食に限って

「いらん」とだけ言うけれど、それでも、ものすごいスピードで心身共に成長していく彼らを見ることは純粋な喜びに溢れている。私は十年前の体力も気力も失いつつあるけれど、代わりに十年分の確信を得た。私はしっかり、二人の成長を見届けていると。

　結局、苦手とは言いつつ、嫌がられつつ、これからも二人を撮り続けることにした。それは、十年後の自分のためであるのかもしれない。十年後に、ご苦労さま！と、自分に言うために。

孤独死した兄のこと

　昨年十月下旬、兄が宮城県多賀城市内のアパートで孤独死した。病死だった。宮城県塩釜警察署から連絡を受けたのは、夜遅くのことで、そろそろ寝ようとベッドに入った直後だった。「村井理子さんの携帯電話でしょうか？」と、静かな男性の声。私を極力驚かせないように、気を遣っていることがわかった。こんな時間に、こんな深刻な声でかかってくる電話が朗報なわけはなく、私が知っている誰かが、どこかで、何かをしてしまったか、あるいは突然亡くなったかどちらかだと直感した。

　私が本人だと応えると、電話の向こうの男性は呼吸を整えるようにして一瞬沈黙し、静かな声で「実はお兄様が本日多賀城市内でご遺体となって発見されました」と一気に言った。ここからの怒濤の五日間については拙著『兄の終い』に書いた。

　兄と最後に直接話をしたのは、確か数年前のことだった。兄は、子育てに苦労していること、仕事がなくて生活が厳しいこと、体調がよくないことを、いつものように一方的にまくし立てるようにして話していた記憶がある。私は、いつも通り、あまり感情も込めずに「とにかく体を大切に。仕事も頑張って下さい。息子のために、踏ん張って」と兄を諭したはずだ。兄は私からそう言われると一応は安心するようで、最後はいつも「じゃあ、がんばるわ」と電話を切る人だった。ここしばらくは、ケータイのメッセージで必要最低限の連絡をしていた。しかし夏以降、兄は私のメールになかなか反応しないようになっていた。私が保証人となっていた多賀城市内の賃貸アパートの家賃を、兄が数ヶ月にわたって滞納し、管理会社から私に連絡が入るようになり、私が兄を責めていたからだ。

　私と兄の関係が、幼少期からこれまでの間ずっと悪かったかというと、そうではない。五歳上の兄は私をとてもかわいがっていた。しかし、私が小学校の高学年になったころ、兄が高校を中退したのをきっかけとして、父と兄の関係が悪化した。ほどなくして兄は家を出た。そのあたりから、姿を見るたびに荒れていく兄を私は敬遠し、避けるようになった。兄は私を見れば声をかけてきたが、私はそれが嫌でたまらなかった。表情に出さないようには気をつけていたが、兄はそんな私の気持ちに気づいていたはずだ。なんとなく、会っても話をしなくなった。父が亡くなり、お互い成人すると、連絡を取ることはよりいっそう少なくなった。それでも、私が結婚したとき、誰よりも喜んだのは兄だった。子どもが生まれると、何度も電話をかけてきて、写真を送ってくれとせがまれた。

しかし、ここ数年、特に母が亡くなってから、私は兄を避けるようにして暮らしてきた。離婚し、生活に困窮しはじめ、同時に大病をした兄から、ことある毎に借金の申し出があったからだった。もちろん、それに応えようとした時期もあった。しかし、それまでの兄の生き方を考えれば、兄の要求に応えることは、私までもが泥沼に引きずり込まれるようなことだと私にはよくわかっていた。だから、私は兄から連絡が入っても、形だけの返信をし、ある時は返信さえせず、兄の存在自体を心の中から追い出していた。忘れた頃にかかってくる長電話には、一応は応えていたが、何かと理由をつけては電話を切っていた。

兄を迎えに塩釜署に出向き、茶毘に付し、アパートの片付けをした。兄が数年間暮らした部屋には、大量の家財道具だけではなく、兄のすべてが詰まっていた。妹の私でさえ兄を、大酒飲みで、迷惑ばかりかける中年男だと思っていたのだが、私が兄の部屋で目撃したのは、子どものために必死に生きていたひとりの男性の、葛藤そのものだった。見渡す限り物に溢れた部屋のなかのすべてが、兄が地を這うように暮らしていた証だった。壁一面に貼られた仕事先の担当者の名刺、死ぬ数日前まで×がつけられたカレンダー、鴨居にかけられた警備員の制服。私はそのひとつひとつを手に取り、兄を思い、その苦しみを想像し、ごみ袋に入れていった。兄の元妻の加奈子ちゃんと一緒に、兄の人生を終わらせてきた。

　斎場で火葬し、アパートを引き払っても、まだ兄がどこかで、あの大きな体に似合わない警備員の制服を着て、道路に立っているような気がしてならない。

休校デイズ

息子たちの学校では、新型コロナウイルス感染拡大に伴う突然の休校が三月四日に始まり、その間の日記をしたためていた。日本全国で同じような状況が生まれていたのだろうと思うが、子どもの休校で生活が一変した翻訳者の叫びを一部お届けする。私はそもそも在宅勤務なので、子どもたちだけで留守番をさせることは避けられたけれど、思春期を迎えた二人の中学生とずっと顔をつきあわせて暮らすことは、私の想像以上に大変なことだった。

休校二日目、早速細々と貯めていた秘密預金を引き出してきた。昨日から休校になり、中学生男子二名が朝から晩まで家で食べることの恐ろしさをじわじわと感じはじめたため、軍資金をとりあえず確保してきたというわけだ。すべてカードで払ってもよかったのだけれど、おこづかいを求められたときや、「コンビニで何か買ってきて！」とか、「パン屋に行きなさい！」とお使いを頼むときに必要だし、中学生との生活は突然の現金が必要になる場面が多い。お財布の中には千円しかなかったし、邪魔にはならないだろうと引き出してきた。たった二万円ですけど。

昨年の兄の突然死によって、私史上かつてないほどのピンチに見舞われ（二年前の弁膜症もピンチだったけど）、そのため、預金が空っぽになるほどのお金が飛ぶように出て行った。私が必死に働いて稼いだ分が、一瞬にして消えた。そのダメージから完全に立ち直れていない私の口座は、この休校騒ぎで再びダメージを負った状態だ。しかし、そんなことでもなければ、この状況では朝から晩まで働くことはできないよなあ……（つらい）。

結局ヨレヨレになりつつ仕事をしていた私を見た長男がリビングにやってきて、「宿題やるわ」と言いつつ、塾の宿題をやりはじめた。長男は静かな子で、おまけに大変律儀なので、決まった時間に決まったことを決まった分だけ淡々とやることができる。その姿を、耳にイヤホンを突っ込んで、「今の僕には何ができるの？」と大声で歌っていた次男が見て（勉強だろ）、「俺も宿題やるわ」と言いだした。えっ、いま、私、奇跡を目撃してる？

私はたぶん、何か勘違いをしていたのだと思う。私は自分が子どもに対して、何かできるのだと思っていた。それは当然、この休校期間においてもだ。私が動くことで、彼らも動き、私が学ぶことで、彼らは学び、私が信じることで、彼らも信じるのだと思っていた。きっと、両目にハートを浮かべながらそう考えていたのだと思う。

でも、よく考えるとそんなことはないはずだった。

私には絶対に消えない記憶がある。十四歳くらいの自分が、学校の廊下で手を洗いながら、前にあった鏡に映った自分の顔を見ていたときのことだ。私は自分の顔を見つめながら、私はこのままで、大人になっても絶対に変わることはないと確信した。その瞬間、私は両親から遠く離れた場所まで自分が飛んで行ったような気がしたのだ。

そしてその瞬間から、私は本当に変わっていない。本質はあの頃のままだ。あの時から、私は親の言うことに耳を傾けながらも、自分を曲げることはなかったような気がする。親に頼りながらも、最後の最後は譲ることがなかったような気がする。目をつぶってあの頃の自分に戻って、そして改めて、私が子どもにしてあげられることは、安心できる生活を提供する以外でそう多くはないだろうと確信した。彼らが私のあのポイントをすでに過ぎていれば、なおさらそうだろう。

休校のことだけ考えればよかったはずなのに、いつの間にかもっと広いことまで考えるフェーズに入ってしまった。そんなことをしている時間はない。やること山積。

あくる日、窓から外を見ると、確かに人通りは少ないように思える。まあ、そもそも人が少ない地域なんだから、通常運転なんじゃないか？　子どもの姿も見えない。みんな何をしているのか……？　その答えは息子たちを見れば明らかで、彼らはＬＩＮＥやオンラインゲームを通じてずっと繋がっている。

長男と次男には共通の友達も多いので、みんなで仲良くゲームをしながら（オンラインで）ワイワイ盛り上がっていて、母はそんな彼らを放置しつつ、仕事に励んでいる。しかし、そんなゲームが一段落したところで、次男から長男へのダメだしがはじまると、母は気が気でない。いつもそうだ。大人しい長男が次男に責められるのを聞くのが、とても苦痛だ。

お前な、あんな話し方したらアカンやろ。もっと、ひとの気持ちを考えて話せよ。お前なあ、あんな言い方ないやろ？　あんなに突然ゲームやめるとか言い出すの、あれはアカンで。ドン引きや。もっとちゃんと考えろや……。

そう言われ続ける長男は、困った顔をして、うん、うん……と聞いている。もう少し練習してからやろうと思ったんや、そんなつもりではなかったんや、ちょっとわからなかったんや……困った顔で説明する長男を見ると、胸が張り裂けそうになる。

でも同時に、次男のこういう遠慮なしのダメだしが、長男を鍛えていることもわかっている。親にはできないことを、次男がやっているのもわかっている。大人しくて、引っ込み思案な長男を、常にグループに引き入れるのが次男だともわかっている。長男に対して、誰よりも本当は優しいのが次男だということも知っている。だから母は、パソコンに向かいながら、ぐっと我慢する。これもすべて、彼らが社会に出るための練習なのだと思いながら。

夜中、仕事を終えて二人の寝室に行くと、長男がベッドに横になりながら目を開けて、天井を見つめていた。どうしたの？と聞くと、いやべつに、なんでもないよと言って、毛布をかぶった。次男は、ガーガーといびきをかきながら、私が先日長男に買ってやった羽毛布団を長男から引っ剝がして、自分がかぶって思いっきり寝ていた。二十七センチになったでっかい足が、羽毛布団からはみ出していた。

少しとんで、休校がはじまって今日で二十二日だ。ニュースでは一斉開校なんて話題が流れてくるが、これは本当にそうなるのだろうか。今から感染者が増えないという保証はどこにもないと思うのだが……。もちろん、親としては開校してもらったほうがありがたいが、先の見えない状況のなかで、一抹の不安がある。まったく、とんでもないことになってしまったものだ。

さて、息子たちがどうしているかというと、今日もリラックスして楽しそうにしていた。もうすっかり休校のリズムに慣れてしまったようで、朝からウキウキだ。こういうときには双子のありがたさが身にしみる。常に横に相棒がいるっていうのはとてもいいことだ。いいことだけれど、サボるときの罪悪感は二分の一になるらしい。

子育てに正解はないというのはわかっている。でも、もう少し正解っぽいものが見えてもいいんじゃないのかといつも思う。私は常に、子育てについて不安を抱えている。常に、これでいいのか、もしかしたら大きな間違いをしているのではないかと恐怖を感じている。

休校四十日目。思春期の男児二人と四十日の軟禁状態はツライ。しかし、今回ばかりは耐えねばなるまい。そう唇を噛みしめ、日々暮らしている。

思春期の子どもが厄介なのは世界中どこでも同じだと思うので、今更何をとは思うのだけれど、Aと言えば、それは親の勝手であって俺としてはBだとゴネられ、それは間違っていると指摘すると、俺には受け入れられないと突っぱねられる。あげくの果てに、俺はもうすべてを諦めたい的な、なんだか反応しづらいことを言われたりする。本当に甘いわ。全然わかってない。人生なんてそんなものじゃない。そうやってゴネればいいと思っていたら、将来苦労するぞ……そんな親の心の叫びなんて、子どもにはまったく届かない。どれだけ届かないかというと、『やぎさんゆうびん』レベルで届かない。

子どもは、無自覚だとは思うが、親の弱点を知っている。もちろん、悪いところもすべてわかっている。だから、親がどうしても折れないとわかると、最後の一手を放ってくる。ここで動揺するか、それともがっつり正面から受け止めるのか、親は常に試されているような気がしている。

なぜこんなにもしんどいことをしなくてはいけないのか。親はひとつも間違ってはいけないのか。そんなの無理だ、間違っちゃうに決まってんじゃん。「親は完璧であることなんて求められていない」とそこら中の育児書で書かれているのを見るが、実際に子どもから求められるのは、完璧な親としての姿なんじゃないかと感じる。

子どもがまだ幼いころ、これだけ大切に育てても、二人はきっと将来、私を疎み、避け、去っていくのだろうと信じて疑わなかった。この考えは、つい数年前まで根強く私のなかに残っていたように思う。なぜなら、私自身がそうだったからだ。この考えが変わるきっかけになったのは、息子たちの表情のなかに、私との間の心理的距離のようなものが見えないとわかったときだった。そして、私はあの頃の母のようには生きていないと自信を持てたことだった。

それでもやっぱり、日々、何が正しいのかと模索し続けている。

理想の生活は諦めた

子どもたちの休校がはじまってから、五十日ほどが経過した。朝から晩まで、二人と顔をつきあわせてずっと家にいるなんて、それこそ十年ぶりぐらいのことだ。いくらわが子といえども、中学生男子が、朝から晩まで家のなかにドーンと存在している状態は、息が詰まるなんてもんじゃない。手がかからなくなったとはいえ、私の心が消耗しないといえば嘘になる。いや、消耗していました。すごい勢いで。

休校がはじまったばかりのころは、「先の見えない休校なんて絶対に無理！」「朝から晩まで反抗期の中学生とずっといるなんて無理！」「ゲームばかりやっている姿を見るのは無理！」と、まさに無理三部作のようになっていたのだが、最近の私の心は、ある程度平穏だ（少なくとも、子どもとずっと一緒に過ごすことについては）。なぜかというと、すっかり諦めたからだ。いや、諦めたというよりも、楽しく暮らすほうを選んだと書いたほうがいいのかもしれない。笑って過ごすほうを選んだ。子どもたちとケンカをしないほうを選んだ。だってそうしないと、毎日が辛いんだもん。


　私は意志の弱い母親で、その通りでございますとしか言いようがない。そこは否定しない。自分でも情けないくらい、私はすぐに諦める。悲惨なほど甘い母親でもある。そんな私でも、さすがに今回は学業の遅れを気にして、家庭学習をサボらないよう息子たちを導こうとした。しかし、うちの双子男児はこの春から中学二年生で、反抗期のど真ん中だし、私よりもずっと体も大きくなっているし、口も達者だ。反抗するときは二人が突然チームを組み、絶対に負けるもんかという態勢で挑んでくる。いくら私がマシンガントークで対抗しても、相手が二人だと疲労感は倍だ。あっという間に私の心が折れた。いつものように、ポッキリと。

　こんな大切な時期に、こんなに長い期間、学校から、そしてなにより学業から離れるなんて、この先どのような影響があるのだろうと当然不安になる。五月以降は通常授業がはじまる予定とは聞いているが、その保証なんてどこにもないことは明らかだ。だったらどうすればいいのか。全然わからないのですが……？

　突然与えられた時間を有意義に使って、予習復習のために自ら机に向かうことができる子どもは確実にいる。そして、その気持ちにさせることができる親もいる。心の底から羨ましい。私だって、教科書準拠の参考書を揃えたり音読の本を買ったりといった涙ぐましい努力を重ねたわけだが、思い描くように二人を机に向かわせることはできなかった。そりゃそうだ。普段だってできていないのに、こんな非常時に突然できるようになるわけがないのだ。担任の先生からかかってきた、たった一本の電話のほうが、私が説得に費やした多くの時間よりもよっぽど効果があった。先生から激励の電話をもらった息子たちは、上機嫌で宿題をこなしはじめた。ということで、私のほうは、すっかり諦めてしまった（へそを曲げたわけではない）。

　息子たちは学校から出された課題をなんとなくこなし、塾のｗｅｂ授業を、まぶたを指で引っ張り上げながら受講して、日々過ごしている。そのわずかな勉強時間以外は、ゲームをするか、ＬＩＮＥで友達と連絡を取るか、私とくだらない会話をするか、犬と遊ぶかのどれかである。もういいや、それでいい。なにせ、今まで誰も経験したことがないようなことを、私たちはやっているのだから。そんなときに、平常時より難易度の高いことをやろうなんて無理に決まっている。家で大人しくいるだけでヨシとしよう。今は立派な大人でも右往左往していて、誰もが不安なことを、私自身が受け入れて、楽になったっていいに決まっている。

「こうしたらいいですよ」「うちではこんな素敵な取り組みをしています」「さあ、一緒にがんばろう！」なんてことを言うつもりはない。ただ、私がすっかり「諦めた」ということを、ここに表明したい。そして、少し諦めてみたら、随分気持ちが楽になり、息子たちとの時間を楽しめるようになってきたと報告したい。今は、私のなかの理想的な母親が思い描く、完璧な休校生活をあっさり諦めたことで、空はいつものように、広く、青く見える。

おわりに

春はなぜだか心騒ぐ季節だ。出会いや別れ、新しいできごとのはじまりが多いからだろう。普段からプレッシャーに弱い私は、新しい「何か」のはじまりに、とても不安になる。はじまりがなくても、とりあえず、不安にはなる。だから、春は毎年そわそわしている。なにもなくても不安なんだから、やたらと面倒くさい人だなと自分でも思う。

春、一気に咲き始める美しい花を見ると、美し過ぎて苦しくなる。なんて美しいのだ、その儚さよ……と、なぜだか思考がマイナス方向に向かってしまう。美しいものは美しいと素直に喜べばいいのに、本当に面倒くさい。桜が咲くと大変感動するが、散った姿に、なんて哀れなのだと悲しくなったりする。自分でもよくわからないが、春はなんだか忙しい。そして私は、たぶん性格が暗い。

加えて、今年は新型コロナウイルスの感染拡大、それに伴う外出自粛、長期休校という予想もしていなかった事態が起きた。これで明るく暮らせなんて無理な相談だ。仕事は溜まる一方だし、子どもたちの食事の支度はノンストップだし、学校や塾から山ほど出された課題をまとめるのは、もちろん私だ。息子たちに任せれば、放置されるだけなのはわかりきっている。それを冷静に見ていられるかというと、絶対に無理！

　こんな、誰もが辛い日々を送るなかで、わずかな救いとなったのは息子たちの目覚ましい成長だった。私から離れた場所に、二人だけの世界があることを知った。言い争い、ぶつかりながらも、二人の間にしかわからない、確かな繋がりが形成されていた。家のなかで自粛生活を送る彼らの会話を聞くともなしに聞きながら、彼らの成長を喜ぶ日々だ。

　一週間先のことすら想像できなかった乳幼児の頃が、夢のなかの出来事のようだ。長期間にわたって寝不足に苦しめられていた私は、本当にギリギリの状態だったと思う。保育園に通い出すと、体力的には楽になったが、今度は良き母にならなくてはというプレッシャーに押しつぶされそうになった。今考えてみれば、私も繊細だったころがあったのだと笑い話にもなるが、当時は必死だった。私を大いに悩ませてくれた彼らも中学二年生。あっという間の日々だった。

　二人同時に生まれたもの同士とはいえ、その成長は、それぞれまったく別のものだ。性格も、体格も、好みも、何から何まで違う二人に、同じであることを押しつけるのは、周囲の大人であることが多い。私はそれに対して、これまでも、そしてこれから先も、抵抗し続けていきたいと思う。二人にはそれぞれの人生があり、好きな道を進み、幸せになる権利がある。親として、これは決して忘れずにいたいと思う。

　七年前の春、幼い顔つきで小学校の入学式を迎えた二人が、今では私に口答えをし、些細なことで口論になることもある。背だってとっくに私を超えているし、体力ではもう勝てない。簡単な料理もするし、コンビニで買い物だってしてきてくれる。本当に、奇跡みたいな話だ。

　私自身は、相も変わらず本と睨めっこをして、訳文を書くという日々を送っている。もう何年も、やっていることはほとんど同じだ。私の仕事部屋だけ、時間がゆっくりと流れているようだ。一行一行、じりじりと前に進む地味な作業に音を上げそうになるけれど、素晴らしい本を作りたいという気持ちひとつでなんとか踏みとどまっている。

私はこれからも、琵琶湖のほとりで、細々と翻訳業を営んでいくと思う。子どもたちも、日々、成長していくはずだ。愛犬のハリーも、逞しい番犬へと成長してくれた。おおむね、わが家は元気だ。全員が、それぞれ、ちゃんと前を向いて進むことができている。

二〇二〇年　春

村井理子

初出
・雑誌「考える人」
二〇一六年夏号、二〇一七年春号
・ウェブマガジン「考える人」
二〇一六年四月十八日～
二〇二〇年四月二十三日　配信
連載時の原稿に加筆修正を加えました。

村井理子　むらい・りこ

翻訳家。訳書に『ブッシュ妄言録』『ヘンテコピープルUSA』『ローラ・ブッシュ自伝』『ゼロからトースターを作ってみた結果』『ダメ女たちの人生を変えた奇跡の料理教室』『兵士を救え! マル珍軍事研究』『子どもが生まれても夫を憎まずにすむ方法』『人間をお休みしてヤギになってみた結果』『サカナ・レッスン』など、エッセイに『犬（きみ）がいるから』『兄の終い』など。『村井さんちのぎゅうぎゅう焼き』（KADOKAWA）で、「ぎゅうぎゅう焼き」ブームを巻き起こす。ファーストレディ研究家でもある。

村井《むらい》さんちの生活《せいかつ》

発　行　2020年8月25日

著　者　村井理子《むらいりこ》

発行者　佐藤隆信

発行所　株式会社新潮社

〒162-8711　東京都新宿区矢来町71

電話　編集部　03-3266-5550

読者係　03-3266-5111

https://www.shinchosha.co.jp

印刷所　大日本印刷株式会社

製本所　大口製本印刷株式会社

ISBN 978-4-10-353551-5 C0095